FORSYTHIA
SUSPENSA

翘

小岸 著

SPM
南方出版传媒
广东人民出版社

图书在版编目（CIP）数据

连翘 / 小岸著 . — 广州：广东人民出版社，2018.7
ISBN 978-7-218-12480-3

Ⅰ . ①连… Ⅱ . ①小… Ⅲ . ①中篇小说－小说集－中国－当代②短篇小说－小说集－中国－当代 Ⅳ . ① I247.7

中国版本图书馆 CIP 数据核字（2018）第 001441 号

Lianqiao

连 翘

小岸 著

出 版 人：肖风华

责任编辑：马妮璐　刘　宇
责任技编：周　杰　易志华
装帧设计：广　岛（@ 广岛 Alvin）

出版发行：广东人民出版社
地　　址：广州市大沙头四马路 10 号（邮政编码：510102）
电　　话：（020）83798714（总编室）
传　　真：（020）83780199
网　　址：http://www.gdpph.com
印　　刷：北京时尚印佳彩色印刷有限公司
开　　本：787mm×1092mm　1/16
印　　张：15　字　数：144 千
版　　次：2018 年 7 月第 1 版　2018 年 7 月第 1 次印刷
定　　价：39.80 元

如发现印装质量问题，影响阅读，请与出版社（020 - 83795749）联系调换。
售书热线：（020）83795240

目　录

连　翘 ……001

　　隰有荷华 …… 028

失父记 ……093

　　除　夕 …… 115

时光不弃 …… 164

　　夏夜的微风 …… 189

梅君 …… 203

连 翘 ▍

这年春天来得格外早，二月刚过去，黄金条儿就冒出花蕾儿，鼓
出花苞儿，顶出花瓣儿。紧接着，一场绵密的细雨把太行山清洗得干
净透亮，沉睡一冬的跑马村在湿漉漉的空气中，露出胀鼓鼓的生机。
眼看树绿了，草青了，庄稼人也忙着春耕下种了。若不是无端端来了
日本人，这本是个充满希望的好年景。

郭秋山是跑马村村长，这段时间总是失眠，昨晚又是一宿未睡。
头发掉得更厉害了，一早起来，捋把头顶，手上全是密密麻麻的蚍蜉
一样的碎发。再这么掉下去，离秃顶就不远了。郭秋山还不算老，虚

岁三十九，人也长得魁梧周正，人前说起他，尤其妇女们，总喜欢夸他"一表人才"；人后见到他，眼睛都闪着光，仿佛能溢出水。有些胆子大的，还敢调着嗓子唱山曲，逗引他："你在那圪梁，我在洼。你有那心思，哥哥呀，下来哇。"遇上姿色好的，他也免不了耳红心跳，即兴对上两句："你对我好，我知道。晃上那一面，妹妹呀，忘不了。"现如今，瞅着满手落发，他不禁苦笑。若掉成个秃子，恐怕再没妇人向他抛媚眼了。他这"一表人才"的帽子，也得摘掉了。当然，他其实也不那么稀罕被人夸、被妇人追着唱山曲儿。儿子已是十七八岁的大小伙，眼看到婆亲年纪了，他对自己的形貌还有什么可在意的？眼下，令他发愁的事情远比掉头发严重得多。

早听说外面打仗，好几个年头了，但直到前年秋天，七里外的奎山镇才进驻一支日本兵。一支中队，大约百十来号人，当地人叫他们老皇军。老皇军扛着长枪刺刀，为首的军官骑着高头大马，威风得不得了。老皇军一来，原先的镇公所就散了，奎山镇一分为二，东边住户被赶到西边，两户挤住一处，一家收留一家，腾出东边的房子做日本人的营地。

他们安营扎寨，每天早晨，鸡刚打鸣，就吹号起床，列队在打谷场跑步操练。不久，奎山镇成立了由当地人组成的维持会，维持会下面分设好多股。老百姓背后管维持会的人叫汉奸，这帮家伙不起好作用，尽出馊主意，还到处抓捕抗日分子。抗日分子也不好惹，有枪有子弹，神出鬼没，行踪不定。自去年春天开始，已经陆续有三个维持会的汉奸遭到暗杀。一个被捅了刀子，一个被淹死在水窖，还有一个被五花大绑吊在一棵枣树上，发现的时候，人已经咽气了。腊月二十三，灶王爷上天，镇上支起两口大铁锅煮糖瓜。抗日分子趁乱混进奎山镇，烧了日本人粮库。郭秋山对烧粮库的事情很不满，日本人没粮吃了，还不是苦了周边百姓？老百姓本来就缺吃少喝，大过年的，缴粮任务摊派到各村各户，哪个敢违抗？

幸亏日本人不喜玉茭和小米，他们酷爱大米，也吃麦子。他们吃法古怪，并不把麦子磨成面粉，而是将麦粒和大米混煮成干饭，拌上黑酱吃。麦子多稀罕，磨成白面，又能蒸馍，又能吃拉面。他们竟这么糟蹋着吃了，怪可惜的。奎山镇只种玉茭、黄豆、谷子、山药蛋等，从不产大米，也不种麦子。吃不到大米和麦子的日本兵蔫头耷脑，提不起精神。许多人面黄肌瘦，得了肠胃病。中队长是个长脸宽下巴的家伙，当地人给他起了个外号，叫驴脸队长。春节后，驴脸队长带着一支小分队，拖着四五辆驴车，亲自去了趟县城。驴脸队长和驴车走在一起，样子滑稽，颇像群驴之首。他们用驴车押运回二十麻袋白花花的大米，还有几麻袋山药蛋。老百姓看了眼馋，但也心安。这帮家伙有东西吃了，就不会索取他们的粮食了。

日本人刚来的时候，跑马村因为距离奎山镇较近，不时有维持会的狗腿子和日本兵相跟着进村骚扰。他们偷鸡摸狗，明抢暗盗，调戏妇女。有一次，硬生生掳走一个俊俏的年轻妇人。家人哭天喊地寻郭秋山做主，送来几瓶窖藏的烧酒。郭秋山硬着头皮，拎着烧酒去镇上。先找维持会崔会长，说起来，崔会长和郭秋山还是沾亲带故的亲戚。不过，是那种八竿子打不着的亲戚，若不是为这事，郭秋山也寻不到他头上。崔会长收下烧酒，带他去找驴脸队长。驴脸队长戴着白手套，踩着长筒靴，嘴角两撇小胡子，瞪着眼睛看郭秋山，嘴里叽里咕噜不知说什么。翻译不是本地人，郭秋山连翻译的话也听不懂。崔会长在旁边连说带比划，给他解释，说日本人索要赎金。什么？光天化日抢了人，还要赎金？这明摆着就是土匪嘛。他苦着脸问，需要多少赎金？崔会长说一百个大洋。好你的娘，一百个大洋，这不是逼人家卖房卖地嘛。他疑心崔会长和翻译合伙敲诈他，日本人兴许没要这么多。他狐疑地看着驴脸队长，驴脸队长却不耐烦看他，手一挥，让他出去。没法子，只好这样了，他听不懂日本话，若得罪了崔会长，到头还是他吃亏。他回村把情况告诉那家人，那家还算殷实，有点家底，当下便卖骡子卖羊，筹借银两，总算把那妇人领回来。

妇人回是回来了，可村里人背后嚼舌头，非说那妇人身上至少过了几十个日本兵。这还了得？跑马村的人讲究脸面，唾沫星子淹死人。妇人百口莫辩，眼见丈夫冷淡，公婆冷眼，村人侧目，一狠心，撇下襁褓中的孩子寻了短见，溺死在自家水瓮。自那以后，村民们一听到老皇军、日本人就变脸色，妇女们更是怕得要命，不"打扮"不出门。这打扮可不是往好里打扮，而是专门糟践自己，怎么丑怎么来，头发乱蓬蓬，衣裳脏兮兮，脸上还抹锅底灰，一个个像叫花子。汉子们也好不到哪儿，黑眉耷眼，走路匆忙，像是被鬼撵着似的。跑马村安宁平静的好日子彻底没了，大白天，村中也不见人影，家家户户房门紧锁，生怕日本兵来祸害。

郭秋山想了个法子，砍了一棵树，竖在山梁，派人轮流看守。山梁眼宽，能一眼望到奎山镇，那边有啥动静，这里能看得一清二楚。瞭到有人马朝跑马村方向来，看守的人就把"消息树"推倒。村里人见树倒下了，就知道日本人要来。妇女们携带值钱的家当躲进山里，男人们把家禽牛羊藏到日本人寻不到的山洞。待日本人来了，扑个空，也就悻悻折返了。可这消息树有缺陷，白天瞭得见，黑夜不顶用。日本兵扑了几次空后学精明了，天不亮就偷偷摸进村，待天亮了，挨家挨户乱闯。看到什么拿什么，吃的，喝的，用的，样样不放过。坛子里腌的酸菜，柜子里略为齐整的被褥铺盖，攒着过年吃的花生、核桃、红枣。这帮强盗嗜食生鸡蛋，看到鸡蛋就磕碎了往嘴里灌，似乎不知道熟鸡蛋更好吃。女人们避不及，被逮到，牲口一样被拖到炕上，这帮畜生褪下裤子就扑上去欺侮。村里哭天抢地，鸡飞狗跳，乱作一团。

折腾够了，畜生们牵着驴，捆着鸡，驮着抢来的东西走了，跑马村陷入一片狼藉。郭秋山召集甲长闾长开会，顾不上讲别的，先调查哪家女人被糟蹋了，负责的闾长上门开导劝解。他跟大家说，这事儿有连带反应，有样学样儿，只要一个寻死，其余的就会跟着死。死一个女人，毁一个家。汉子没了老婆恓惶，娃娃没了娘可怜。郭秋山告诉他们，留得青山在，不怕没柴烧，钱财都是身外之物，只要人活着，比什么都要紧。女人们的名声也一样，这种事情只要不是女人自愿的，就一点错也没有。他反复强调，一点错也没有，半点错也没有，一丁点错也没有。大伙被他的情绪感染，纷纷向村民们传达。那天早晨，受了害的妇女统共三个，一个也没寻死。在郭秋山带动下，村民们嘴巴也挂上了锁，没有谁乱嚼闲话。郭秋山对这几户格外关照，过年家里宰羊，还给他们分送了羊肉。

跑马村有姓郭的、姓段的和姓尚的三大姓。郭是大户，保长和村长都是郭家的。保长是财主，家有瓦房良田，儿子在阎锡山部队当军官。日本人没来之前，得到音信的郭保长就带着全家老小离开跑马村，投奔儿子去了。撂下郭秋山这个村长，没地儿逃，也没亲戚可投奔，只能死心塌地守着跑马村。他没有别的想法，不幸遇上这兵荒马乱的世道，只求安安稳稳保全跑马村，保全自家性命，保全村民性命。天下大事，他不懂，但他相信一个理儿，乱世总会过去，日本人早晚会滚蛋。

去年四月初八，跑马村传统庙会。越到这时候，越要去去晦气。

郭秋山请来一台戏班子，又特地邀请崔会长赶庙。崔会长带着随从亲临跑马村，还传达了新指示。跑马村已经被划为治安村，郭秋山继续担任村长，奎山镇共有八个村划为治安村。郭秋山问："另外的村呢？"奎山镇有十七个自然村呢。崔会长说："其他村地处偏远，不好管理，原则上一律取消，划入无人区，不许人居住。""那些村的村民咋办？"郭秋山不解。崔会长说："老皇军让他们搬到治安区。"郭秋山说："那咋行？我们村可没有多余的房子。"崔会长说："让他们自己盖嘛。"郭秋山晒笑："说得轻巧，还有庄稼呢，也都丢了不管？"崔会长说："这你就不用操心了，反正你们村以后享福了，日本兵不会再来村里捣乱、抢东西。要是有土匪来闹腾，他们还出面保护呢。""有这好事？"郭秋山半信半疑。

崔会长告诉他，治安村表面归维持会管辖，但实际上听命于日本人。每个村民手里发放一张"良民证"，凭借良民证，自由出入奎山镇，赶集买卖都不限制。以前咋样，现在还咋样，大家安安心心过日子。不过，有一条，如果村里出现反日分子，破坏"中日友好"，一定要提早报告，绝不姑息。

郭秋山对崔会长的承诺不敢完全相信，谁知道这帮家伙说话算数不？只能走一步说一步。至于反日分子，跑马村村民老实本分的居多，他们既不情愿加入维持会当汉奸，也没胆量和日本人对着干。哪家哪户有啥动静，郭秋山心里一清二楚。只要日本人不来糟害他们，跑马村人也不会惹是生非。

打那以后，崔会长时不时派手下来给郭秋山分派任务，索要柴火，上缴饲料，摊派粮食，还征集劳工去镇上修筑碉堡炮楼。没有工钱不说，饭也不管，劳工要自带干粮。村民们心里憋着一口气，可这口气也不敢乱撒。唯一令大家欣慰的是，日本人果然没再来抢吃抢喝祸害女人。妇女们出门照例抹锅底灰，却都是浅浅涂一层，不像以前狠着劲儿把自己弄得人不人鬼不鬼。跑马村表面恢复了平静，郭秋山觉得，这已经是老天爷保佑，烧上高香了。

今年春节刚过，驴脸队长不知怎么听说了连翘茶曾是清廷贡品的事，且奎山镇只有跑马村有制作连翘茶的传统。连翘是一味药材，但也能当茶叶泡水喝，它有醒脑、清毒、败火的功效。驴脸队长以为中国皇帝用的东西肯定不一般，他不仅自己想喝这种茶，还想要当礼品运送到外地。

连翘其实就是黄金条，跑马村不缺黄金条。山坡河沟，田野地头，都长着这种东西。每年早春，连翘花开，整个村子都陷在一团明晃晃的金色中，像是被毛茸茸的金黄色花瓣团团包裹起来。

郭秋山想着往年连翘盛开的情景，却一脸愁绪。崔会长派下任务，今年春天，跑马村要交齐一百担连翘茶。这简直要人命嘛，发动全村男女老少把漫山遍野的连翘叶都采摘回来制作，也未见得能凑足一百担。采摘也是大难题，连翘都是野生的，长在荒坡圪梁，不太好采。

连翘先开花后长叶，花一落，叶子冒出芽儿，等到叶片稍微长大些，趁嫩，采了上锅蒸。蒸连翘是个技术活，滚水开了花，沸腾的热气冒出来，将叶片均匀地撒到蒸屉上。约莫半盏茶功夫，连翘叶就蒸好了。这时候的连翘叶半软不烂，若是蒸过头，软烂了，一屉连翘就废了。蒸好的叶片放到日头底下晾晒，晒干后，继续回屉蒸。蒸了晒，晒了蒸，经过七蒸七晒之后，还要用糠火煨，煨后再筛去粉末，连翘茶才算制作完成。连翘茶制作工序太过繁杂，采摘期也短，产量低。往年村民们都是应个景，蒸两屉，或分送亲友，或留着自家用，也有卖给收药材的，量少，卖不下几个钱，谁也没把这营生当成一件正儿八经的事。

驴脸队长狮子大开口，索要一百担，分明不了解情况。郭秋山没辙，去奎山镇请崔会长喝酒，托他和驴脸队长通融。他豁出去了，下了狠话，就算要了全村人性命，也拿不出这么多连翘茶，这个任务断断完成不了。崔会长是本地人，他焉能不知连翘茶是咋回事？这家伙吃饱喝足，打着官腔说，日本人不好说话，他只能尽力而为。郭秋山心里忍不住骂，日本人知道个球，都是你们这帮汉奸煽风点火，瞎说八道，要不然他们怎么知道连翘茶是贡品？

崔会长还算给办事，郭秋山第二次去找他的时候，他说，驴脸队长了解情况后，答应把一百担减成二十担。郭秋山眉头立刻舒展了，虽然二十担也不是小数目，照样得费心张罗，但相比之前的数量，起码不算离谱。只可惜，他还没来得及喘口气，崔会长就讲了新任务，让他从村里找一个女人。"找女人做什么？"他不安地问。崔会长说："老皇军衣裳脏了没人洗，想找几个女人去给他们洗衣裳，一个治安村派一个。"郭秋山心里咯噔一下，这事恐怕没那么简单。果不其然，崔会长说："要找相貌标致的年轻女人，年龄在十五岁至二十五岁之间。"

郭秋山脱口而出："洗个衣裳还讲这么多条件？"

崔会长说："洗衣裳是体力活，年轻女人体力好嘛。"

"那为何要好看的？"

"这个……"崔会长闪烁其词，"好看的瞧着顺眼，心情也舒畅嘛。"

"拉倒吧，你就给我说句实话，到底找女人做什么？"

崔会长知道瞒哄不了他，干脆挑明："老皇军没明说，但也猜得八九不离十。你大概也听说了，炮楼里关着十几个女人，都是从'无人区'掳来的，关了几个月，大都折腾得重病缠身，炕也下不了，去茅房都得爬着去，惨呢。"

郭秋山想起跑马村先前被掳走的那名妇人，也是关在炮楼里的。他心里不好受，低头不出声。

自从日本人规定"无人区"不许住人后，除了少数富庶人家有能力搬迁至治安村外，绝大多数老百姓仍旧留在原先的村子里。庄稼人靠天吃饭，土里刨食，离不开田地。就算舍得下房子，也舍不下庄稼。日本人可不管那么多，对划到"无人区"的村庄，烧杀抢掠，一个不留。无人区的村民只好和日本人"捉迷藏"，日本人来的时候，他们就挑着家当逃进山里；日本人走了，他们再偷偷潜回村子。房子烧了，因陋就简再盖。幸而山高路远，日本人并不常去。

另外，无人区村庄因地处偏远，正是抗日队伍活跃的根据地，这也是日本人仇恨这些村庄的重要原因。抗日游击队经常驻扎在那些村，村里有他们委任的村干部，还有民兵组织、儿童团、妇救会，专门和日本人作对。只要日本人不去扫荡，无人区的老百姓活得逍遥自在。跑马村虽名为治安村，实则受日本人盘剥压榨，今天要这，明天要那，日子不见得比无人区的百姓安适。然而，一遇日军大规模清乡扫荡，"无人区"百姓就遭了殃。其中有个赵家沟，日军清乡时，村民们没来得及逃远，被日军堵在一个山洞，放了一把火，里面几十号人被活活烧死。女人们更惨，但凡抓住，少不了被糟蹋，颜面好看点的就被掳到据点，供那些日本兵消遣。相比那些村的遭遇，郭秋山悲愤之余，又觉得跑马村还算不幸中的万幸。

崔会长继续说："咱这地方偏远，连个窑子也没有，日军慰安团到不了这里，老皇军只能动歪脑筋，在当地找花姑娘。据点里的女人已经被他们要够了，生病的生病，寻死的寻死，他们要找新鲜的补充替换。"

郭秋山心里明白了，原来是打着洗衣裳的幌子找花姑娘。他登时火起，这帮王八蛋，说话不算数。当初说得好好的，划入治安区后就受保护了，平日里要东要西便罢了，现在竟然丧尽天良，逼迫他们上交良家妇女。难道要受这样的保护？那还不如不保护呢。他霍地站起身，语气坚决地说："这任务完不成，没人肯去。"

崔会长也生气了："你给我站住，其他村都能派来，偏你们村不行？"

"我才不信有人愿去，肯定是骗去的，用这种方法坑人，我做不出。都是一个村的，谁去也不合适，害了谁我心里也不安。"

崔会长也变了脸："你以为我愿这样？我有什么法子？我这营生是把脑袋拴在裤腰带上，有今天没明天，抗日分子盯着我，日本人也盯着我。你派不来人，我就交不了差，到时候去你们村抢人，见一个抢一个，你可别怪我没提醒你。"

话说到这份上，郭秋山也不敢硬顶撞，他口气软下来："当初不是说治安村受你们保护吗？怎么又变卦了？"

"没变卦呀，要是和无人区一样，还和你有商有量？早就把整个村子都端了。"

"那也爽利，我们干脆逃到山里去，省得受这闲气。"

"有骨气，你现在就回去煽动他们逃吧，我保证不告密。但丑话说到前头，逃了就再也别回来，再回来是什么下场，我不说你也知道。"

郭秋山顿时垂头丧气，全村上百户人家，男女老少几百号人，逃得了和尚逃不了庙，他们能在外面躲一辈子吗？就算财大气粗的郭保长，背井离乡逃到国统区，说不定哪天就又被日本人打过去了。郭秋山呆呆地坐着，眼眶忽然湿了，两行清泪淌出来。他第一次生出亡国之恨，黍离之悲。这个国家，难道真的完了？崔会长以为他哭了，嘲谑道："真没出息，这点事就哭天抹泪，真是妇人之仁，好歹是个村长，我都替你脸红。"

"这村长我还就不当了。"郭秋山抹了把眼泪，起身夺门而去。

气话归气话，搁从前，跑马村想当村长的人不是没有，几个甲长就伸长脖子盯着呢。可是眼下，除了他郭秋山，恐怕没人愿意挑这个担子。当然，还有另一层原因，真要让他交出这副担子，他不放心。郭保长临走时语重心长地对他说，跑马村千年历史，经历了多少朝代，多少离乱，不能在他们这代人手里毁了。他老了，心有余而力不足，只能靠郭秋山了。郭保长把家里的几十只羊一文钱不要地白给了他，就是让他好好守住这方水土。当然，他郭秋山倒并不是单单为了那些羊，他也有自己的操守和德行嘛。

上交"花姑娘"比一百担连翘茶更烫手，这才是刚跳出狼窝，又跌进虎穴。回村的七里山路，郭秋山走得漫长沉重。熟悉的沟沟坎坎，仿佛都长出了尖刺，一针一针扎着他的脚底。

从奎山镇回来，郭秋山开始睡不着觉了。崔会长派人找了他几次，软硬兼施，并下了最后通牒，再不交人，别怪他不念亲戚情分。还假惺惺地出主意，说要是实在张不开嘴、出不了面，就口头选定个女子，悄悄告诉他们维持会。维持会做这个坏人，上门抓人。可是，指定谁呢？害了谁家也不落忍，这么龌龊的行径不是他郭秋山的风格。为这事，他和村里几个管事的讨论过多次，跑马村符合条件的女子在他们嘴里过了好几遍。首先排除掉未出阁的姑娘，她们日后得嫁人，万不可让她们去，坏了名声，将来连婆家也寻不下。除去这些，剩下的还有十三个，有几个相貌恐过不了关：长龅牙的，生麻子的，斜眼的，歪嘴的。反复拣选，交得了差的有九个，这九个里面有一个是郭秋山的亲妹子艾香。艾香是郭秋山唯一的妹子，就嫁在本村段家，这也是最让郭秋山揪心犯愁的。让谁去也不能让自己亲妹子去，可是，正因为亲妹子搁在里头，他才更难说话。几个管事的明白他心思，主动把他妹子划出名单，余下的八个逐一上门试探。意料中的，都碰了钉子，反而把消息漏出去了。现在，村里人都知道日本人要找花姑娘，凡是家里有合乎条件的，无不惊慌。有上门说情的，送礼的，对外宣称怀孕的，装病躺在炕上不起的，还有偷偷溜回娘家的。

眼看期限到了，郭秋山万念俱灰。索性不管了，他庆幸自己婆娘已是年过三十的老妇，女儿年幼，尚未及笄。妹子艾香机灵，早早让妹夫把她送到了山里的老舅家。老舅是猎人，靠狩猎为生，日本人寻不到那儿。其他的，他顾不了了。日本兵真下来抢人，逮住谁算谁倒霉，他救不了她们，只能听天由命。

媳妇端过一碗羊奶给他，他一把推开："浑身不舒坦，喝这个更上火。"

媳妇扳住他的脸，细细瞧了一会儿，心疼地说："你看你这双眼睛，像输急眼的赌徒，红得吓人。我给你煮碗连翘茶，败败火吧。"

不提连翘茶还好，一提连翘茶，郭秋山愈发不自在。眼看黄金条要开花了，花一落就得组织村民采摘，然后还要辛辛苦苦制茶供奉那帮不说理的畜生，这口气实在难咽。他撩开媳妇的手，擤了擤鼻涕："起开，我不喝那玩意儿。"

媳妇抱怨道："愁能解决问题？车到山前必有路，船到桥头自然直，蒙混一天算一天。"

"这事能蒙混过去？崔会长说了，再不交人，他们就来抢人了。"

"女人们都藏起来了，让他们白跑一趟。"

"头发长，见识短，能藏一辈子？回头说咱敬酒不吃吃罚酒，把全村烧个精光，到时候咋办？"

"咋办？能咋办？要我说，天塌不下来，该咋办就咋办，还是先吃饭吧。"

媳妇端来早饭，一碗玉茭面糊糊，半张菜饼子。正吃饭时，妹子艾香忽然登门，惊得郭秋山眼珠子差点掉出来，呵斥道："你不是去老舅家了？咋又回来了？节骨眼上，你这不是给我难看吗？维持会这两天就来要人了。"

艾香穿着件素净的月白衫子，头上裹着蓝头巾。脸颊照旧抹了两片锅底灰，却像打胭脂似的，涂得很匀称，反衬得一张脸别致生动。瞧见妹子这个样子，郭秋山愈发不悦："招摇过市，胆子也忒大了吧。"

艾香说："咱这儿不是治安村嘛，怕什么，再说，我哥好歹是村长。"

郭秋山唬道："我这个村长顶球用，你还是赶紧走。"

艾香笑嘻嘻地说："妹子是来帮你分忧的。"

郭秋山白了她一眼："分忧？甭给你哥哥添堵就不赖了。"

艾香拎着一钵热乎乎的油茶，搁到桌上，揭开盖子，说今儿是自家公公生日，特地煮了油茶，给哥也舀一钵尝尝鲜。

媳妇在旁边问："妹子啥时候回来的？"

艾香说："昨儿回来的，回来天就大黑了，没过来告诉你们。快喝油茶吧，不少呢，给孩子们也尝尝鲜。"

油茶是用羊油炒的豆面，散出一股浓郁的羊膻味儿和豆腥味儿。郭秋山嗅了嗅鼻子："我这几天上火，怕是不敢喝。"

艾香抿嘴一笑："等我把话说完，你就不上火了。"

原来，艾香不是一个人回来的，还从山里领回个女子。郭秋山不解："那女子啥来历？"

艾香说："一个月前，有辆军车路过山下，被日本人从飞机上扔的炸弹击中，车上的人差不多死光了。这女子就是从死人堆里爬出来的，浑身是血，捡了条命。"

"是个女兵？"

"我看不像，身上穿的是军装，可是傻乎乎的，一问三不知。不知道自己叫什么名字，也不知道自己是从哪儿来的，女兵有那么傻？"

"吓傻了呗。"

"就说嘛，肯定吓傻了，可真要是个当兵的，那么禁不住吓？"

"许是新兵，没上过战场，没见过死人。"

"有这可能。"艾香点点头，"听说那辆车是运送伤员的，军队不是有专门的医生和护士吗？我看像个女护士。我碰到她的时候，已经饿得不成人形。破衣烂衫，像从茅坑捞出来的。头发上、身上都是虱子和苍蝇，胳膊上的伤口还生了蛆，别提多糟心了。我给了她半块馍馍，喂了她半壶水。她倒好，缠上我了，死皮赖脸拽着我的衣袖不让走。我心一软，把她带回老舅那儿，吃了顿饱饭，缓过劲，给她换了衣服，洗了脸，洗了伤口，上了药。那样子竟然不丑，有眉有眼。我忽然觉得，她就像专门给咱准备的呢……"

"你的意思是……"郭秋山明白妹子的意思了。

"她人反正废了，也没人要她，送她去，也是给她条活路。我救她一命，让她帮咱村渡个难关，也不算欺负她。"艾香振振有词。

媳妇听了，高兴地说："阿弥陀佛，这才是老天开眼。"

"她身上伤好了没有？"

"这女子命大，浑身上下没一处是炸伤的，身上染的血都是别人的。胳膊上有几道伤口，老舅检查后说是荆条划破的，擦了几天药就好差不多了。"

"这么做合适吗？也不知是哪支队伍上的，她衣服还留着吗？"郭秋山问。

"衣服被血染得不辨颜色，本来想洗干净，老舅不许，他让我赶紧烧了。"艾香凑到郭秋山耳边压低声音说："被炸的军车是中央军的，老舅说这事千万不能传扬出去，万一让日本人知道了，这可是窝藏抗日分子的大罪，要掉脑袋。"

艾香见哥哥还有点犹豫，又说："她现在只知道往嘴里塞东西，见啥吃啥，完全是个傻子，什么都不记得了。"

"你先把她带过来看看。"

"行，我这就回去领人。"

艾香回去领人了，郭秋山一口气喝了一大碗油茶，直喝得满头大汗。媳妇抱柴火，支大锅，烧开水，"可得给那女子好好洗洗，里外换上干净的，这可是新娘子才有的待遇"。

郭秋山面色一沉，新娘子？这是出嫁吗？这是把人家往火坑里送。媳妇像是看透他心思，劝解他："艾香这主意不赖，咱不是害她，是给她条活路，好死不如赖活着，好歹去了有吃有喝，总比饿死在路边强吧？"

艾香把人领来了，身后跟着一伙得到消息的村民，个个脸上喜气洋洋，宛如过年似的。郭秋山过去，问她几句话，多大了？家在哪里？她愣愣地看看他，眨了一会儿眼，摇了摇头。看来她的脑子确实坏掉了。郭秋山心里不是滋味，他叹口气，出了院子，漫无目的地到了山上。连翘花开了，金黄色的花朵像星星一样在山间闪烁。郭秋山抽了抽鼻子，嗅到了淡淡的花香。有风吹过，漫山遍野的花儿飘起来，他愣愣地看着那些在风中摇摆的花枝，半是难过，半是无奈。

回到家里，几个妇人正帮忙给女子梳洗打扮。郭秋山给妹子使个眼色，低声问："还有谁知道她是个女兵？"艾香说："老舅不许我对外人讲，怕惹麻烦。我只对你和嫂子吐了实话，外面人，包括我婆家人，只当她是个逃荒要饭的傻子。"郭秋山点点头："你做得对。"

有人说这女子身上衫子不鲜亮，很快有人拿来件明黄色夹袄，又有人送来条烟绿色裤子。这身衣服穿上去，女子左右看看，撇了撇嘴角，忽然笑了。看得出，她对这身行头很满意。年轻妇人们陆续送来香粉和头油。还有擅长刮脸的老妇人煮了鸡蛋，剥了皮，来给女子开脸。女子乖乖坐那里，不明白大家为何这么隆重地装扮她，只是对着镜子左照右照，臭美呢。真是个傻女子，众人唏嘘。

郭秋山吩咐老婆做了顿金瓜鸡蛋粉条烫面饺，女子狼吞虎咽吃下二十几个蒸饺，吃得肚儿滚圆。吃罢饭，郭秋山亲自牵着一头驴，把打扮得花团锦簇的女子扶坐在驴背上，从村里出发，前往奎山镇。路上，女子问："要去哪儿？"郭秋山说："给你寻个吃饭的地方，去了以后，你只要听话，就有饭吃。"

"还吃饺子？"女子打着饱嗝问。

郭秋山想笑，却没笑出来。他说："想得美，哪能顿顿吃饺子，不要挑嘴，有什么吃什么。"

到了镇上，照例去找崔会长。崔会长同女子搭了几句话，听出口音不对，猜是郭秋山诓骗来的外乡女。他指着郭秋山说："你小子有种儿，什么法子都能诌出来。"郭秋山讪笑道："我们村算是完成任务了吧？"崔会长低声说："不为难你了，若是别的村也冒名顶替，那可不行，我这是照顾你了。"郭秋山连声道谢："知道，知道，崔会长对我们村的情，我都记在心里呢。"崔会长说："见外的话就别说了，谁让咱是亲戚呢。"说罢，登记名册，问："这女子叫啥名？"这下难住了郭秋山，她自己都不知道自己叫啥，他如何知道？他灵机一动，"连翘。""连翘？""对，连翘。"崔会长笑说："这名字好，一听就是你们跑马村的，姓啥？"郭秋山想了想道："和我一个姓，姓郭，郭连翘。"他看了一眼蒙在鼓里、傻呵呵站在旁边左顾右盼的女子，心说：妹子，对不住了，从今往后，你就是我亲妹子。

就这样，郭秋山把连翘留在奎山镇，自己回了跑马村。没有人交代，但就像约定好的，村里人再也没人提起这女子。郭秋山也知道，人人其实和他一样，心里都装着这女子，沉甸甸的，反而故意装出忘记的样子。郭秋山也想把这女子给忘了，但他做不到，心里一闲着，那女子的模样就出来了，一颗心坠得生疼。

不久，连翘花落，叶子长成，他带着村民赶制连翘茶。上锅蒸时，他暗地里吩咐两个靠心人在茶里加了蓖麻汁。蓖麻也是一味药，除湿消肿，但毒性大，和连翘合用不仅降低药效，还有副作用。日本人不是想喝连翘茶长命百岁吗？呸，喝吧，喝吧，折坏蛋们的寿。只恨不敢明着下毒，要不然，当下就毒死他们才过瘾。

茶制好送去奎山镇的时候，郭秋山打听连翘近况，说是和七八个女人关在日军炮楼下的土窑，每天晚上供日军淫乐。他问崔会长："这事总有个期限吧，什么时候能把人还回来？"

崔会长说："慢慢等吧，兴许哪天不新鲜了，就放她们走了，前阵放了几个。"

"放了几个？为什么不放我们村的？"

"那几个都是家里交了赎金的。"

这帮畜生真是坏了良心，把人糟蹋了，还要钱。他问："要多少赎金？"

崔会长白了他一眼："一个外乡女子，你还舍得花那个冤枉钱？过阵子可能去无人区扫荡，兴许抓回几个新鲜的，旧的没准就放了。"

郭秋山叮嘱："连翘脑筋不清醒，万一放人帮我看着点，别让她乱跑，我会来接她。"

崔会长笑道："接回她做什么？你养着？"

"那也不能不管吧。"

崔会长夸奖他："你小子还挺仁义。"

日军并没按照崔会长说的去无人区扫荡，半月后竟然撤走一多半人马，驴脸队长也走了，奎山镇只剩两支小分队。日军没了先前的士气，列队操练时一个个都有气无力、没精打采。据点里的女人接连逃走几个，看守也懒得去抓。乡亲们纷纷传说，日军在前方吃了败仗，小鬼子的气数快尽了。

这一天，连翘见门口无人看守，也溜出了炮楼。她似乎彻底傻了，见人就脱衣服，光着身子在镇上乱跑，嘴里还"嗷嗷"乱叫。崔会长想起郭秋山的嘱托，差人去跑马村告诉了郭秋山。郭秋山闻讯赶去奎山镇，找到连翘的时候，她半裸着身子蹲在一户人家门口啃地上的西瓜皮。郭秋山心里一酸，一把拉起她，把随身带的马褂披在她身上。他带她去小饭馆吃了一碗香汤辣水的羊肉面。吃饱喝足，她高兴得手舞足蹈，咯咯笑个不停。郭秋山把她带回跑马村，不顾媳妇反对，留在自己家里。

连翘不疯的时候挺安静，安静地吃饭，安静地睡觉，安静地去茅厕。郭秋山媳妇吩咐她择豆角、剥豆芽，她也都能完成。一旦疯起来就收拾不住，越到人多的地方越厉害，嘴里狂喊乱叫。一会儿工夫就把衣裳脱个精光，没羞没臊。真是作孽，不知日本畜生是咋糟蹋她的，把她害成这个鬼样子。郭秋山寻医问药，喂她吃了几剂中药后，慢慢止住了脱衣裳的怪毛病。作孽的是，她的肚子大起来了。这还了得？这可是日本人下的种。这个孽种说啥也不能留，得用药打下来。艾香寻来了打胎药，偏巧村里有个不安分的姑娘，未婚怀孕，偷着吃药打胎，疼得受不了，咬断舌头自尽了。眼看出了这档子事，郭秋山不忍心给连翘吃药，他把她绑到驴车上，赶着驴车绕村子跑，想把肚子里的胎儿颠下来。足足跑了十几趟，硬是掉不下来。

郭秋山媳妇说："甭折腾了，驴都跑坏了，瓜熟蒂落，让她自己生吧。"郭秋山问："生下来咋办？"媳妇白了他一眼："那还不简单，尿盆里溺死。"

连翘挺着肚子挨到临盆。郭秋山请来产婆助产，媳妇和艾香在旁边打下手。胎位不正，难产，连翘的哭喊声异常尖锐，杀猪似的，全村人都听得到。哭喊了几个时辰，胎儿终于出来了，是个死婴。生的时间长，产道里缺氧，憋死了。郭秋山把死婴用一块破布包了，埋在荒坡。担心被野狗刨食，他硬是用两根树杈刨出个一米深的坑。崔会长说得没错，他是妇人之仁。明知道这是日本鬼子下的孽种，他竟狠不下心肠把它喂了野狗。

连翘命大，虽是难产，好歹保住了命。郭秋山差使媳妇好汤好水伺候连翘坐月子，说把连翘养好了，寻个婆家嫁出去。媳妇也担心这么一个大活人一辈子推不出手，精心照料，眼看连翘面色一天天红润好看起来。这期间，她的疯病又犯了一回。村里有户人家娶亲，燃放鞭炮，她听到炮声陡地尖叫起来，披头散发从炕上跳下来就跑。最后跌到一户人家的猪圈，滚了一身猪屎，臭烘烘的，糟心透了。

时间不长，好消息传来，日本人投降了，一夜之间从奎山镇走了个干干净净。日本人前脚走，崔会长后脚就被当成头号汉奸公审，就地枪决。郭秋山因担任过日伪时期村长也被隔离调查，他把给日本人制的连翘茶里掺了蓖麻汁的事讲出来，说自己也为抗日做过贡献。幸好有村民作证，总算通过审查，平安回来。

郭秋山谋算给连翘寻个归宿。邻村有个光棍，郭秋山打主意想让他娶连翘，许诺把连翘当亲妹子，风风光光带着嫁妆出嫁。光棍嫌弃连翘，担心她疯病好不了，也嫌弃她被日本兵糟蹋过。郭秋山左右劝解，好说歹说，答应陪送五头羊、两床被，终于把光棍说动了。娶亲那天，怕刺激连翘，鞭炮也没敢放，吹了一曲唢呐就把新娘子送走了。这门婚事仅仅维持了半个月，光棍带她治疯病时，郎中透露她生孩子时把子宫扯坏了，怀不住胎。光棍左思右想，觉得她是个累赘，再加上她时不时犯疯弄傻，便把她赶出了家门。

疯连翘自己寻回了跑马村郭秋山家。郭秋山媳妇气不过，找光棍论理，说人不要了，嫁妆得退回来。光棍说，想得美，嫁妆还不够给她看病的钱呢。

郭秋山只得继续把连翘养在家里。三邻五乡都知道他家养着个疯女子，为此儿子婚事受了影响，条件好的姑娘不愿嫁到郭家。媳妇天天和他吵，摔锅砸碗，没有好脸色。连翘经常被呵斥得战战兢兢，疯病愈重了，有时正端碗吃饭呢，也会受惊似的尖叫起来。连翘的叫声很恐怖，鬼哭狼嚎似的，胆小的人猛听到，真要吓出病来。跑马村年轻妈妈吓唬孩子都会说，再不听话，让疯连翘来抓你。郭秋山媳妇下了狠话，再这样下去，我非被她折腾死不可，这个家有她没我，有我没她。

"那你说咋办？"郭秋山愁眉苦脸。

"哪里来的弄到哪里去。"媳妇说。

"我怎么知道她是哪里来的。"

"问你的好妹子去，她领来的，让她领走。"

"你说这话葬良心，当初她给咱村救过急。"

"那你就让她赖在这个家里一辈子吗？你安的什么心？"媳妇捶胸顿足地哭闹起来。

无奈之下，郭秋山在村头寻了间土窑。这里并不住人，是供路人挡雨的。他召集几个村民把土窑往大里扩了两倍，盘了炕，砌了窗户，安了门，整修成一眼小窑洞。外面挖了茅厕，圈了栅栏，筑了围墙，让连翘单独搬进去。隔三岔五，给她送些吃的用的，教她独立生活。时间不长，媳妇吃起飞醋，非说郭秋山养二房，娶小妾，怀疑郭秋山和连翘关系不正当，恐是睡在一处了。接连闹了几场，郭秋山不敢擅到连翘住所了，只得委托妹子艾香照顾连翘。渐渐地，当初被连翘顶替救下的十余个妇人形成习惯，轮流到连翘的小窑洞，缝缝补补，清扫拾掇，手把手教她烧火煮饭。村里人摸准规律，但凡有人家娶亲放炮，连翘总犯疯病。到这天，便提前派人去小院看着她。平日里，她倒是安然无事，偶尔犯病，红头绳捆在头上，描眉画眼，打扮得和花公鸡似的。大家越逗她，她越来劲，十足是个疯子。

新中国成立后，郭秋山被打成历史反革命关进监狱。媳妇一病不起，不久离开人世。跑马村全村人联名写信给郭秋山作保，但他命孬，没挨到从牢里出来，患了疟疾，死在牢里。

疯连翘依旧生活在跑马村。跑马村陆续换了六任村干部，无论换到谁手里，分口粮的时候，郭连翘总是排在头一名。逢年过节，总有人给她送饺子送馍。闹饥荒那两年，村里饿死过人，却没饿死她。每逢村里有人娶亲放鞭炮，村干部都会提前委派专人看守她。她倒是寿数大，疯疯癫癫，有吃有喝，一直活到八十多岁。死的时候，埋进了郭家坟地，旁边就挨着郭秋山。据说，这是郭秋山临死前许下的，说不能让这个苦命女子死后做了孤魂野鬼。有个刚从外村嫁来的小媳妇听说后，捂着嘴笑道："她这是做了郭秋山的小老婆呢，听说那男人年轻时一表人才，是个俊汉子呐。这疯婆子阴间跟了他，也不枉活了一世。"旁边上了年纪的婆婆听到了，狠狠剜了她一眼，小媳妇连忙闭了嘴。

翌年春天，疯连翘的坟头不知怎的长出了一株连翘。年复一年，更多的连翘蔓延开来，整个坟地都长满了。春天来的时候，遍野的花儿，一片又一片金黄，空气里全是浓得化也化不开的花香。

隰有荷华

她去早了，酒楼尚没几个食客，跑堂伙计放下一壶茶就匆匆下楼了。她给自己倒了一杯，茶色微黄，像是染了色的宣纸，想必不是什么好茶。这家名叫"大华酒楼"的饭庄位于繁华的正太街，规模不大，却顾客盈门。

邱先生约她的地点，大多选择在僻静场所。这次例外，上回见面时，她无意中说，好久没吃鱼了，邱先生当下便许诺，下次我们吃鱼。大华酒楼有道招牌菜"一鱼三吃",就是把一条新鲜肥硕的淡水鱼,沿脊骨分开,分成三份。一份切成薄片,浇豆豉汁清蒸;一份剔骨剁碎加鸡蛋挤成鱼丸,与丝瓜煮汤;一份连同鱼头切大块放辣椒和酸菜,做成红烧酸菜鱼。鱼的品种不同,价钱也不同。菜单是一张折叠起来的卡片,毛笔写就的小楷,字迹不甚清晰。她的目光只在价格便宜的种类里筛选,邱先生的钱看上去很多,可是,再多的钱都有用处。邱先生用钱的地方太多了,远比吃一条鱼重要得多。她自幼生活在太行山深处的小村庄,认识邱先生以前从未吃过鱼。几年前,第一次跟着邱先生吃鱼,一下就爱上了。那次吃一道清蒸鲈鱼,鱼肉像裂开的白色花瓣,挑一筷子吞下去,独特的鲜香瞬间俘虏了她的胃。天下竟有如此美味,她兴奋地直呼好吃。邱先生笑着说,你适合去江南水乡,那里的人天天吃鱼。以后我可以去吗?她问。邱先生顿了一下,你想去,就能去。邱先生经常说一些似是而非的话,她仔细品咂,也未必明白其中含义。

"你想去,就能去。"这是什么意思?她自然想去。上有天堂,下有苏杭,江南水乡不就是苏杭二州嘛。可是,怎么才能去?除非离开邱先生。怎么离开邱先生?邱先生出钱供她读书,可不是让她离开的。当然,这一切都是她心甘情愿的。不仅为邱先生,也为她自己。除了这些,还有更为宏大的理由。对于一个怀有家国仇恨的少女,那些宏大的理由足以让她赴汤蹈火、肝脑涂地而不悔。

客人渐渐多了起来，邱先生还是没有来。她从筷笼挑出两双筷子，将筷头伸进茶水里涮了涮，然后用剩余的水冲洗另一只杯子。残水隔窗泼出去，两双洗净的筷子并排竖在杯子里。窗外是酒楼后院，院子里有棵花椒树，刚刚结出米粒大的花椒。她探出身子，掐了几片嫩叶，掰碎了，含进嘴里。浓郁的花椒味弥漫在口腔，带着乡村的记忆。每年这个时节，母亲都会煎花椒叶荞麦面饼，摊熟了一层一层摞起来，吃时蘸醋蒜汁。咬一口，满嘴留香。母亲死后，她再也没有吃过那么香的煎饼。她自小就是个馋嘴丫头，又因家贫，对食物怀有赤子般的痴心。几枚红枣，几个核桃，都会令她舌尖沉醉。母亲东藏西掩的粗糙零食，柿饼、果干、榛子，总能被她翻箱倒柜找出来。母亲几乎怕了她，你这孩子，怎么能这样呢？女孩子嘴巴太馋会招惹祸端。回忆令她羞惭，她吐出花椒叶的残渣，新鲜的麻香味儿，依旧留在口腔。

伙计拎着木桶上楼，桶里是几尾欢快肥大的鱼。其他桌的客人各自选了他们要的鱼，捞出来，装进网兜，记上桌号。伙计让她也选一条。她有些犹豫，等的人没来。伙计催促，早些定吧，等会儿人多了，厨房做不过来。她便自己捞了条草鱼，足有二尺长，肉滚滚的鱼身在网兜里扑腾翻跃。它马上就会变成食物，塞进自己的肠胃。这是一条鱼的宿命，生命力最旺盛的时候死去，方能保留最鲜美的味道。鱼总要死的，就像人一样。选择最好的方式死，就是死得其所，死得有价值。邱先生说过，他不怕死，就怕死得没有价值。她何尝不是？他们这样的人，最怕的就是不明不白死，窝窝囊囊死。

她又倒了一杯茶，抿嘴细细喝了。一只手搭在壶盖上，感受渐渐凉下去的温度。已是暮春，为见邱先生，她早早穿上这件阴丹士林的半袖旗袍，簇新的靛蓝色衬得她肤色雪白，裸露的手臂觉出了凉意。幸好出门时，带了条围巾。她把围巾从手袋中取出来，抖开，披在身上，宛似搭了条披肩。她眼角眉梢不太像学生，透出一点风情，倒像少妇。实际上，她只有十八岁，就读于省立女子师范学校，即将毕业。

那段从她履历里剔除的往事，到底还是留下了些痕迹。

她只知邱先生姓，不知他全名。她十四岁认识邱先生，邱先生是她的恩人。她曾被卖入青楼，邱先生救了她。她运气不错，第一次接客就遇到邱先生。邱先生问了几句她的身世，得知她进过学堂，便来了兴致，让她写几个字。房间备有纸墨，原本是个摆设，没想到派上用场。她认真铺开纸，镇尺压住两头。砚池里兑了些清水，手握墨锭慢慢研墨。从小为父亲研墨，习惯了。每年春节，全村对联都是父亲一个人写的。

墨研好了，她问，写什么？邱先生说，随你。她略一思索，俯身写下八个字：山有扶苏，隰有荷华。她用的是正楷，字迹端庄，工整有力。

你喜欢《诗经》？邱先生问。

嗯。她点点头。

诗经是世界上最美的文字。

她心头一怔，父亲也说过同样的话。

为什么写这两句？

这两句很美。

美在哪里？

这个，我也说不上来。她自然不会讲出真话，邱先生只是陌生人。面对陌生人，任何解释都显得多余。

《诗经》里还有更美的诗句。邱先生说。

荷华就是荷花，古人偏写作荷华。她把话题绕开。

这是通假字，古文中很多这样的例子。

我看就是写错了，传下来，便成了通假字。她掩口窃笑。

邱先生挽起袖子，接过毛笔，该我写了。她揭起自己写好的字，为邱先生另铺纸张。邱先生沉住气，挥毫泼墨，写下四句唐诗：国破山河在，城春草木深，感时花溅泪，恨别鸟惊心。她轻声念出来。

你知道这首诗？邱先生侧转头看她一眼。

嗯，杜甫的《春望》。

那你知道这首诗的含义吗？

当然知道，眼下，我们的国家就如同诗中所写，山河破碎。她的眼里蒙上一层雾，彼时，邱先生尚不知道，她的父母家人皆死于日寇之手。

可惜了。邱先生叹口气，搁下笔。

可惜什么？她大着胆子望向邱先生。年长的姑娘教过她，第一次很重要。如果有幸遇到好客人，就有机会飞出青楼。在这里，就算锦衣玉食，也不如去外面做一个柴门小户的良家妇。这其实是悖论，普通人哪里舍得花一大笔钱替一个妓女赎身？肯出钱的，必定是阔人。跟着阔人出去，最好的结果，也不过是当人家的小妾。民国政府早就立法废除了纳妾制度，但那不过是一句空话，民间纳妾之风仍旧盛行。富商土豪家里没有几房姨太太，说出去都没面子。

她第一眼看见邱先生，其实是失望的。邱先生穿着洗得陈旧的蓝色长袍，外面套着黑色对襟马褂，脚上的布鞋破了，盖着一层补丁。这样衣着寒酸的人竟然肯出价买她初夜，她说不清心里是什么滋味。她表面上是处女，但身子早不干净了。最初遭遇的两个人贩子，除了没有侵犯她私处，能做的龌龊事都逼她做了。进了妓院，她再次被剥得赤身裸体，任人揣摸品相。他们对她，就像检验一口牲畜。她对自己这具肉身既厌恶，又鄙夷。她甚至为这个买她初夜的男人不值，尤其——看上去，他还不太阔绰。

你想离开这里吗？邱先生问这话的时候，漫不经心的样子。在她听来，却如雷贯耳。她不相信自己的耳朵，以为听错了。

送你去学堂，继续念书，你不应该在这里。邱先生语气不紧不慢。

屋里燃着一炷香，是檀香，邱先生的脸庞隐匿在幽暗的香气中。她躬身一问，我要怎样报答先生？

你说呢？邱先生微笑地看着她。

先生不会是让我去杀人吧？她挑衅地抬起头，语气像是开玩笑。先生不是普通人，身上有枪，刚才写字的时候，我不小心碰到了。

邱先生听了这话，右手不自觉地往腰间顺去。他猛地站起身，拍了拍她的肩膀，大踏步走了出去。很久以后，邱先生告诉她，就是她那句玩笑话，让他下了决心。

在当时，她以为自己说错了，恨不得拔脚追出去把刚才的话追回来。继而，她又想到这男人或许只是戏弄她，赎身的钱可不是一笔小数目。那个晚上，邱先生没有回来，她独自在锦罗绸缎的被褥里躺了一夜。

第二天，管事的张妈妈亲自送来早餐。张妈妈说，丫头，你好命，吃了这顿饭就走吧。她不解地看着张妈妈。张妈妈亲昵地抚了一下她的脸蛋说，论姿色，你也不算出众，这就是命吧。外面不比这里，凡事得靠自己，你要学会看人眼色。张妈妈推心置腹的口吻，似乎真把她当成即将出阁的女儿。她一时愣住了，半晌没动桌上的饭。张妈妈俯下身，亲自端起碗，碗里是金黄的小米粥。张妈妈说，吃吧，这可是正宗的沁州黄。

邱先生把她带到省城，送她进了女子学校。她摇身一变，从一个青楼女子变成了短发蓝衫的女学生。从前的事，就像一场梦。邱先生说，既然是梦，就不要再想了。邱先生甚至没问她叫什么名字，就给她起了新名字叫唐明慧。为何姓唐？姓唐不好吗？她不解，总得有个原因吧？

你父亲唐得水，代州人氏，在你出生不久后因病去世，母亲远嫁他乡。你自幼随祖父祖母长大，祖父祖母过世后，给你留下一笔钱，你拿着这笔钱赴省城念书。这是填在学籍表上的，千万不要记错。记住名字，记住身世。邱先生一一道来，仿佛讲的是旁人的事。

这与她原来的身世有何差别？她本就是孤儿。

当然不一样，只有这样，你才能抹掉青楼那段经历，你总不希望它一辈子跟着你吧。

她的人生就这样被邱先生改写。第二年，邱先生差人带她长途跋涉，去一个与外界隔绝的军政培训班参加集训。她在那里待了四个月，学会使用枪支器械，射击爆炸，擒拿格斗。她还进行了三天的驾驶入门训练，娇小的身躯坐在军车驾驶舱，手握方向盘，目视前方，一脚踩下油门，毫无惧意。这里的年轻人，大都是热血青年，怀着报国救亡的牺牲精神，时刻准备上战场。她与他们不一样，她报的是邱先生的恩，救的是自己的命。但是，另一种意义上，她与他们没有区别。邱先生的恩恰好与她身上背负的国仇家恨重合，没有什么可畏葸，也没有什么可惧怕。她聪慧机敏，胆略过人。再次回到省城后，顺利考进省立女子师范。表面上她依然是个纤弱文静的女学生，实则，已经是训练有素的女特工。

她幻想有一天嫁给邱先生，心里却清楚，她只是邱先生手里的一枚棋子。邱先生肯在她身上花钱，无非是想让她为他做事。但是，邱先生能够选中她，说明还是对她另眼相看。她委婉地打问邱先生家事，夸张地说，邱太太一定是个美人。邱先生笑了，我没有太太。她脱口而出，那我以后嫁给你。邱先生冷冷道，你要这么想，就错了。邱先生这句话浇灭了她心头念想，女子报恩惯常以身相许，这一招，在她与邱先生之间，派不上用场。

邱先生每次约她见面，都在学校对面的告示栏贴广告。有时是中医世家治疗疑难杂症，有时是钟表铺让利销售。这些广告和普通广告略有差异，右上角会有一片晕染的墨色，就像印广告时不小心染上去的。她曾好奇地按照上面提供的地址找过，果真有那么一家医馆，也确实有那么一家钟表铺。医馆一位老中医坐堂诊脉，她请老先生看病，老先生说她脾虚脉弱，开了几味中药。她问起邱先生，老先生一脸茫然，说这里从没有姓邱的人。她住学生宿舍，中药买回来没处煮，受了潮，扔掉了。钟表铺也去过，门厅阔大，人来人往。她只在门外一隅看了一会儿，没敢乱打听。

她养成每天傍晚散步的习惯，经过校门时，扫一眼对面的告示栏。只要右上角带着浅墨色印迹的新广告贴出来，她就知道，邱先生要见她了。贴广告的是什么人呢？她从未遇见过。邱先生背后的组织就像一张错综复杂的网，她只是其中一个点。邱先生是她上线。她也有下线，一个四位数的电话号码，她打过几次，通知对方获取信息。电话里说暗语，对方若不是她找的人，她会说，打错了。每次打电话，她都会跑到离学校很远的地方，通话结束后，立刻离开。这些是邱先生教她的，她只知道接电话的是个沙哑的女声，声音明显经过修饰。他们这些人彼此依附，又相互戒备。贴广告的未必知道他贴的广告有什么作用，接电话的未必知道打电话的是什么人。即使这样谨慎严密，一旦有人被捕变节，还是会像多米诺骨牌一样，牵累很多人。她设想过，假使自己被抓，扛不住酷刑，能供出的就是广告和邱先生的关系，以及四位数的电话号码。倘若被捕的消息短时间传不出去，敌人就能顺藤摸瓜，找到有用的东西。

邱先生告诉她，一旦落到敌人手里，他们会剥光你衣服，羞辱你，折磨你，就像对待一只蚂蚁，一条虫子。她听得面如死灰，手脚冰凉。邱先生问，你怕死吗？她摇头，我怕疼，更怕蛇。邱先生给了她一只箍着银饰的玉镯，里面有个小巧开关，用手一扳，滚出一粒药片。邱先生说，一旦暴露，就把这片药吞下去。会疼吗？问这话的时候，她语气平静，仿佛它是一片普通的阿司匹林。不疼，会很快失去知觉。邱先生说这话的时候，转过头，避开她的视线。他一定想到了这个可能的结果，他不想让她死，虽然他亲手给了她一片毒药。她接过镯子，心满意足地戴在手腕，仿佛里面藏的不是致命的毒药，而是救命的稻草。这片药就是她的护身符。这只镯子从外表看不出任何破绽，镶了金属的玉，都是为了遮掩瑕疵或裂缝，镯子价值大打折扣，连窃贼都不屑动它的心思。从那以后，她长期戴着这只镯子，只有洗澡的时候才摘下来。很庆幸，邱先生给她的药完好无损，她至今没有机会品尝。这次见面，她准备问问邱先生，她从去年开始执行任务，这片药在镯子里藏了一年，她担心药效是不是过期了。

邱先生约见她的时间不固定，有时数月无音讯，有时十天半月就出现了。每次见面结束后，都会提前定好下一次见面的地点。邱先生安排她做的事，她都会全力以赴完成，没有失过手。

有个名叫素娟的女同学，父亲是天水商行的老板。她刻意讨好素娟，送对方小礼物，两个人很快成了好朋友。周末，素娟邀她去家中小住。她借机掌握到素娟父亲的行踪，然后通过那个神秘电话透露给她的下线。第二天，素娟父亲遇刺身亡。看到哭得死去活来的素娟，她很难过。可是，邱先生说，天水商行暗地里与日本人勾结，干的是昧心事，发的是国难财，这样的人死不足惜。

邱先生派她杀一个人，姓邵，供职于警局特务科。这么大的任务交给她，邱先生顾虑重重。邱先生说，万事开头难，这一步你总要迈出去。邵警官的太太是女子师范学校的教务处主任，这也是邱先生把任务交给她的主要原因。她处心积虑地接近邵太太，委婉地表示，毕业后想留校工作。这当然有难度，但是这样她的真诚示好便显得顺理成章。她带着礼品登门拜访，伏低做小，把一个女孩子小心翼翼的谄媚巴结表露得淋漓尽致。邵警官见过她几次后，终于记住了她。她探听到邵太太礼拜天带孩子回了娘家，便佯装不知此事，拎着一盒糕点守在附近。待窥到佣人挎着菜篮子出门，便敲门拜访。这一次，她没有穿学生装，而是新买了一身洋装，还戴着帽子。邵警官懒洋洋的，似乎刚从床上爬起来。看到她，虽然有点不耐烦，但还是礼貌地请她进门。她的衣服袖子里藏着邱先生给她的一把匕首，邵警官对这个文弱的女学生毫无防备。任务完成后，她迅速离开邵家。返回学校前，换下身上的衣服。

邱先生夸她天生是干这行的，真的是这样吗？当她看到邵太太中年丧夫，形容枯槁，还是有些不安。她渴望的是，亲手杀几个日本人。这样的梦，她做过无数次。学校设有日语课程，她学得格外认真，就是希望有朝一日，接触到真正的日本人。

邱先生曾说，再过十年，如果她遇到合适的对象，想结婚嫁人，就放她自由。十年，三千六百多个日夜，那将是一段漫长的岁月。她觉得自己活不了那么久，邱先生的承诺更像一句空话。何况，她伸出自己的手，这是一双杀过人的手。血溅在手上，就永远也洗不干净了。就像她，永远也回不去了。事实上，她的人生，在父母猝亡的那一日，就再也回不去了。

二

她的家在太行山深处，一个名叫赵家沟的小村庄。父亲是前朝的落第秀才，人到中年才娶妻生子。受聘于外村一所私塾，勉强养家糊口。她是家中长女，母亲生下她后，又添了一个弟弟。她自幼跟随父亲去学堂念书，是为数不多的女学生之一。

创办私塾的乡绅有两个儿子，大儿子参加了晋军，在阎锡山的嫡系部队担任要职。民国二十六年（1937年）秋天，日军进犯山西，攻下大同城。民间流传着一首歌谣：十月山西人人忙，富人搬家忙，穷人心惶惶，军官丢部属，小兵扔大枪。不久，日军借道娘子关，占领太原城。乡绅闻风，拖家带口投奔大儿子去了。学堂散了，父亲没了差事，回村种田。第二年，日本兵来到县城，城头树起太阳旗。外面回来的人说，世道变了，阎锡山跑了，南京政府垮台了。这个国家又一次要改朝换代吗？她忘不了父亲那晚醉酒悲歌的情景，这个亲历过清王朝覆灭的旧式文人，为自己再次遭遇黍离之悲而泪流满面。他烂醉如泥，语无伦次，醉里挑灯看剑，梦回吹角连营。三十功名尘与土，八千里路云和月。灯下做针线的母亲不以为然，国家大事和你有什么关系？你操哪门子闲心？父亲喃喃道，覆巢之下安有完卵？但凡外族侵略，必定生灵涂炭，血染山河。在这个家里，她是唯一听懂父亲醉话的人。不幸的是，父亲的话很快就言中了。

日本兵第一次进村时，很客气。村民们被召集在一处，镇上新当选的维持会长一口一个乡亲们。乡亲们，赵家沟地处僻远，且是小村，不便管理，已划入无人区。乡亲们，请你们尽快搬到治安区统一登记入住，皇军会给你们发放良民证。有了良民证，做什么都不受限制。

划入治安区的都是人口多的大村，搬过去当然好，谁不知道居住在大村大镇好？人多，有码头，便利。可是，这话说起来容易做起来难，有积蓄有门路还好办，赵家沟多是穷苦百姓，家底薄得不如一口铁锅。他们两手空空，就算投亲靠友，恐怕都没人收留。况且，最要紧的，房子可狠心扔下不管，地呢？庄户人赖以生存的田地岂是说丢就能丢的？日本人走后，村民们七嘴八舌，议论纷纷。赵家沟始于明末清初，历经三百年风雨，哪能说没就没了？好端端变成无人区？他们想不通。父亲愁眉不展，母亲安慰他，天塌下来大个子顶着呢，咱不搬走，他们能把咱怎么着？

没多久，日本兵又来了。这次可没那么客气了，进村就烧房子，抢粮食，赶牲口，还掠走两个年轻妇人和几个青壮年。他们逼着青壮年挑粮食，拉牲畜，俩妇人则被绑缚在毛驴上驮走了。临走，放出狠话，说赵家沟破坏和平，与皇军对抗，再不搬离，见一个杀一个。

山里流窜着几支队伍，有的是溃败的国军组成的散兵游勇，有的是打着抗日游击队旗号，有的干脆是揭竿而起的乡党土匪。他们偶尔到赵家沟安营扎寨，索要粮食，还打欠条，承诺日后奉还。乡亲们信不过他们，可是他们手里有枪，不敢不给。况且，村长说了，这些人干的是救亡图存的大业，老百姓理应支持。不过，村长交代，欠条全部烧毁，留着它们，一旦让日本人和维持会知道，就是通匪杀头的大罪。

掠走的两个妇人半月后被家人接回赵家沟，说是通过维持会的亲戚打通关系，花了几十个大洋赎回来的。那几个青壮汉子则没了音信，听说被抓去当劳工了。俩妇人回来没几天，先是一个投了井，紧接着，另一个上了吊。村民们传说她们被几十个日本兵糟蹋了，两条腿都合不拢，走路八叉着腿，像螃蟹一样。她们怎么有脸做人呢？只好去做鬼。母亲直到这时才觉出害怕，看着十三岁的女儿忧心忡忡。那之后，村民们自发组织起来，每天轮流安排两个村民爬到山顶瞭望，一旦窥到日本人前来，就跑回村通知大家转移。隔了差不多一个多月，日本人果然又来了，村民们提早得到消息，挑着粮食和值钱的家当，逃进深山。赵家沟背后的大山里有一座天然洞窟，形状像一个大肚子瓦罐。洞口狭小，高不过半人，宽不足三尺。进了洞内，却是另一番天地，足有几丈深，是个难得的好去处。躲了几天后，回村一看，房子全被烧了，屋顶塌了，房梁断了，门窗毁了，村庄变成一片废墟。村民们索性搬去山洞，洞内阴湿，寒冷。就在那个山洞，她亲眼目睹一个怀着身孕的妇女难产，直着嗓子叫了一夜，天亮后，阖上了双眼。紧接着，又有一个男孩染了重疾，高烧痉挛，不治而亡。年迈的老人也像比赛似的，一个接着一个咳嗽，山洞里回响着此起彼伏的咳嗽声。死亡的阴影像雪花一样，一层又一层，覆盖了整座山洞。几番思谋，母亲与父亲商议，决定先把她送到划入治安村的姨妈家避难。

一大早，母亲便带着她上路了。姨妈家距离赵家沟十几里山路，母女俩半道上遇到一队日本兵，他们正朝着赵家沟的方向而来。收割过的田野空空荡荡，母亲四处张望，连个藏身之地也寻不到。带路的是中国人，远远冲她们喊话，问她们是哪个村的。日本兵发现了她们的性别，兴奋地笑起来，笑声放浪骇人。母亲不知哪来的力气，拎着她的手腕就跑，后面的日本兵叫嚣着追过来。风在耳边呼呼作响，她感觉自己像要飞起来一样。她的一只鞋跑丢了，赤脚踩在砂石荆棘遍布的山野，恐惧使她忘记了疼痛。身后传来几声枪响，她以为自己要死了，脚步却不敢松懈。母亲死死攥着她的手腕，一路飞跑在空旷的山野。不知跑了多久，不知跑了多远，母亲终于停下脚步，回头看，日本人早已不见踪影。母亲身子一歪，倒在地上。直到这时，她才觉出脚底刺骨的疼痛。娘，我的脚疼。她边哭边向母亲伸出那只光脚。母亲挣扎着，爬过来，扳过她的脚。脚底血肉模糊，像一团糟烂的破布。母亲心疼地吹了口气，可怜俺孩。话未说完，母亲嘴里忽然喷出一大口血，鲜血溅在她脚上，她的脚成了一只血淋淋的脚。娘！她惊叫着。母亲的身子摇摇晃晃倒下去，怀里仍旧抱着她一只脚。

母亲的脚是一双缠过足的小脚，平时走路慢慢吞吞。可是，那一天，那一刻，两只小脚却像插上翅膀的鸟儿一样，带着她逃离了险境。她不相信母亲会死，她那只血淋淋的脚，继续深一脚浅一脚地踩在山路上。她驮着母亲，艰难地回到了赵家沟。月亮被厚厚的云层遮住了，漆黑的夜晚，伸手不见五指。一座座山峰怪兽一般矗立着，仿佛世界的活物全部停止了呼吸，偌大天地只剩下她一个人。她驮着母亲走到山洞，扑鼻的热浪涌来，她闻到烧烤食物的焦煳味儿。她想到明亮的火光，喷香的食物，温暖的被褥。它们像母亲的手抚平了她的寒冷和饥饿，她嘴里唤着"爹"，踉跄着奔向洞口。她被什么东西绊倒了，温热的气浪席卷而来。她下意识地用手去摸，僵硬，带着热度，像一截烧焦的木头。她愣了片刻，憬然醒悟，尖叫着退后。她摸出了，那是一具死人的尸体，被烧死的尸体。这是比死亡更恐怖的夜晚，她的父亲和弟弟，以及村里三十余村民，全部被烧死在洞内。

她像只猫一样蜷伏在洞外昏睡了一夜，纷纷扬扬的雪花伴随着灰蒙蒙的晨光一起到来。洞口尚未燃尽的柴草散发出微弱的热量，它们庇护了她一夜，使她幸免于冻死在这场突如其来的大雪中。她把母亲的尸体拖进洞中，微弱的亮光照进洞内。除了洞口聚集着七八具烧焦的尸体，洞内并没有更多燃烧的痕迹。村民们或靠，或躺，或用被子蒙着面孔。她发现了父亲与弟弟，弟弟埋头在父亲怀中，父亲眉头紧锁，整张脸像是均匀地涂抹了一层黑色油脂。她扑过去摇晃了一下，父亲的口鼻霎时涌出乌黑的血水，身子旋即倒下。她吓得停止了动作，呆立了好一会儿，才哭出声来。

她把母亲与父亲、弟弟并排放在一起，在他们身上撒了一层薄薄的干草。她翻捡出一些食物，找到一袋散发着焦煳味的炒面和干粮。她脱下一个同龄男孩的黑棉鞋，套到自己脚上。她在不知谁家的包裹里发现一块发黄的白布，裹在身上，腰间缠了一根麻绳。随后找到洋火、香烛、黄表纸。没有人教过她怎么做，她无师自通，四处捡来石头、蒿草、玉米秸秆，用它们简陋地封住洞口。她披麻戴孝，独自一人模拟一场葬礼的仪式，烧纸焚香，跪在洞外恭恭敬敬叩了几个头。她知道，洞内的人已是另一个世界的鬼。死亡与她如此贴近，她感觉自己随时会死，也许今天，也许明天。她不再害怕死亡，死亡似乎是一个温暖归宿，母亲会在另一个世界继续牵着她的手。她游荡在空旷的山谷，渴了，掬一捧积雪。饿了，嚼几口炒面。天黑了，找一个废弃的窑洞，燃一堆篝火，沉沉睡去。天晴了，雪住了，等待中的死亡迟迟没有来。她简直等得不耐烦了，只好收拾起一堆杂什离开了赵家沟。

凭着模糊的记忆，她找到了姨妈家所在的松树坪。此时已是暮色时分，村里升起冉冉炊烟，这熟悉的场景令她眼睛一热，泪水止不住落下来。她家的炊烟，永远不会升起了。母亲跪在灶前忙碌的身影，成了记忆里的绝唱。

松树坪是大村，住户集中。进村不久，她就被两个村民拦下，他们把她带到村公所。村公所聚集着不少人，有的席地而卧，有的倚墙站立。有人抱怨说，松树坪不地道，把我们关在这里算什么？有人制止，少说几句吧，人在屋檐下，不得不低头，现在是咱们求上门了。光线昏暗，她摸索到墙角，靠墙跟坐下。旁边有人问她哪个村的，她说是赵家沟的。又有人问，听说赵家沟被烧了？她"嗯"了一声。村里人都死了？她再次"嗯"了一声。她把他们埋葬在山洞，连同那些惊悚悲伤的记忆。她不想对任何人讲起，她害怕一张口，它们就会从她的嘴巴、鼻子、眼睛里淌出来，像乌黑的血水一样淌出来。终于有人撑着一盏马灯走进来，是个年迈的老人。老人环顾四周，还未说话，先咳嗽起来。有人端了杯热水到他手里，他喘着粗气喝水。喝了几口水后，他开始说话了。

村长病倒了，起不了床，大伙把我请出来，让我主事。我都这把年纪了，管不了什么事了。我知道村里有你们的亲戚，要不然，你们也不会大老远寻来。姑舅表亲也好，亲爹同娘也罢，松树坪再也装不下多余的人了。据我掌握的情况，家家户户都收留了外面的亲戚，甭管住的、吃的，松树坪再也负担不起了。听我一句劝，你们走吧，天地这么大，总有落脚的地方。松树坪不是你们以为的好去处，日本人离这儿很近。俗话说，兔子不吃窝边草。日本人可就喜欢吃窝边草，三天两头为难我们。今天摊派粮食柴草，明天征讨劳力修筑工事。松树坪被他们掏空了，禁不起折腾了，你们就别再来添乱了。另外，你们可知日本人又要什么？村长病倒在床就是愁这个事。日本人要女人，要年轻女人给他们洗衣裳。他们打的什么歪主意，恐怕我不说，你们也心知肚明。你们想来松树坪？那我问你们，你们谁家愿意把女人送到日本人那里洗衣裳，我就许你们留下。

众人全部沉默了，屋子里静悄悄的，隐约的抽泣声响起。不知哪家妇人哭了，声音迅速感染了其余女人，屋子里响起了女人们此起彼伏的哭泣声。老人不耐烦地摆摆手，罢了，罢了，拜托你们别哭了，你们再哭，就把松树坪也哭上绝路了。老人蹒跚着出门，嘱托一个中年汉子，让他们趁黑走，每人发两个干饼。别走大路，绕北崖，那边不会碰到日本人。

她混在人群中领了两只干面饼，跟着众人一起离开了松树坪。同行的一个妇人从怀里摸出把剪子，对她说，赵家沟闺女，你过来，我给你把辫子剪了。她没问缘由，乖乖走过去。妇人把她的头发剪得七零八落，半长不短。妇人满意地说，这下好了，逢上这兵荒马乱的世道，女人就得狠心作践自己，千万莫打扮得花红柳绿，记住了没有？她懂事地点点头。妇人送了她一只棕色的粗瓷碗，告诉她，拿着碗才能讨到食物，好好活下去，哪怕像只小猫小狗一样活下去，你爹你娘会在天上护佑你。

她漫无目的地向前走，路过一座又一座村庄。袋子里的炒面早就吃光了，她学会了上门乞讨。十有八九被轰出门，不过，不要紧，总有好心肠的人家给她碗里拨点残食。活着是一件艰难的事，可是，死也不那么容易。只要有一口食物，她就能顽强地挨过一天。

几个月后，她流浪到了一座名叫三合的小镇。镇上有火车站，她生平第一次见到了火车，喘着粗气，冒着黑烟，像一条巨大的长蛇。小镇热闹繁华，有许多商铺、酒肆、作坊。这里乞讨者众多，很多外乡人，嘴里说着叽里咕噜的侉话。她是乞讨者中的一员，蓬头垢面，肮脏得像只掉进臭水沟的小狗。镇上住有日本兵，他们穿着烟叶黄的军装，踩着黑皮靴，时常列队经过。这里没有血腥，没有抢掠，看上去风平浪静。

有一次，街上走来几个女人。路人纷纷道，快看，快看，日本女人。这些来自异邦的女人，肤色特别白，脸上像是涂了一层面粉。她站在街边好奇地打量她们，她们走路的样子和中国女人不一样，微微躬着腰，迈着细碎的步子。她们结伴进商铺购物，说话轻声细语，不时掩嘴而笑。她们看起来美丽和善，一点不像坏人。

那天，她在醉八仙酒楼门口乞讨。有个年迈的老妇人走过来说，孩子，想吃饺子吗？她使劲点点头。你跟我来。老妇人带着她拐进一条小巷，走进一座院子。老妇人端出一碗热腾腾的饺子给她，真香啊，还是肉馅，咬一嘴下去，好吃得令她想哭。

老妇人嘴角有一颗醒目的黑痣，说话和气。送你去个地方，顿顿吃饺子，好不好？她警觉地抬头，哪里会有顿顿吃饺子的好去处？打量她是个傻子吗？她放下碗，转身想离开，却被旁边一个壮年男子扯住。她张嘴喊叫，老妇人扑过来，一把捂住她的嘴。他们合力把她捆绑起来，嘴巴缠上布条。男子问老妇人，娘，现在咋办？老妇人不慌不忙，急啥，等会儿来了人，让他们领走就是了。男子说，用不用给她洗洗，瞧她黑脏烂污的，人家相不中咋办？老妇人笑了，不要紧，看姑娘看眼睛，你看她的眼，又黑又亮，识货的自然懂。这对母子旁若无人，一问一答，丝毫也不避讳她。仿佛她不是人，而是一个物件。

她不知道等待自己的是什么，最坏的结果不过就是死吧，死了就能和另一个世界的父母团聚了。不，她很快醒悟过来。他们不会让她死，他们绑了她，是要卖掉她。卖给大户人家当丫鬟，卖给娶不起媳妇的男人当老婆。她忽地打了个寒噤，她可能被卖到窑子里，当窑姐。母亲说过，只有上辈子作了孽的女人，才会投胎做窑姐。千人骑，万人压，永世不得翻身。不，宁肯死，也不要那样。死了，他们就什么也得不着了。死了，就不会做窑姐了。

天黑后，果然来了两个人，借着灯光扫了她一眼。其中一个问，没其他毛病吧？老妇人说，又不是第一次了，我的眼光你还信不过？他们把她装进一只麻袋，像是塞进去一只羊，一头猪。他们把她扔到马车上，她在麻袋里昏昏睡去。

　　醒来的时候，她发现自己衣衫不整地躺在地板上。那两个男人把她扔进一只装满热水的大木桶。她泡在木桶中，浑身污垢把里面的水洗成墨一般的黑水。他们把她光溜溜地抛到床上，两双手肆意在她身上摸来摸去。他们逼迫她，恐吓她。她哭泣，挣扎，暗自悔恨。她以为自己会死在日本人手里，没想到被几个中国人戕害。母亲说得对，女孩子贪吃会招惹祸端，她没能禁得住一碗饺子的诱惑，活该落到如此下场。想象中的撞墙、上吊、抹脖子……依次从她脑子里闪过。此时此刻，唯有撞墙可行。她瞅准机会，拼着力气跳下床，期望一头撞死。没等她撞上去呢，他们就抓住了她。他们发现了她的企图，其中一个扇了她一记耳光。小婊子，挺有骨气，还想死，你以为死就那么容易吗？是啊，她早就知道，死不是件容易的事。就算真的撞上墙，恐怕也死不了。他们对她百般折辱，又欣喜于她还是处女，可以卖个不错的价钱。

　　翌日，他们给她换上干净的衣衫鞋袜。不出所料，她果然被卖进妓院。两个月后的某个夜晚，她被装扮得花团锦簇，送入接客的房间，遇见了改变她一生命运的邱先生。

<h2 style="text-align:center">三</h2>

　　邱先生迟迟不来，她不禁有些担心。楼上已座无虚席，食客们

大快朵颐，咀嚼声，吆喝声，此起彼伏。茶壶里的茶凉透了，伙计不耐烦地催问是否可以上菜了。她摸出手袋里的钞票，数了数，不确定这些钱够不够支付刚才点的鱼。她嗫嚅道，我约的人没有来，能不能退掉刚才点的鱼。伙计大着嗓门说，这位小姐，鱼已开肠破肚进油锅了，您说怎么退？旁边食客纷纷侧目。她冷冷道，钱不够我有什么办法？伙计上下打量她一番，咱家店小本经营，看小姐也不像吃白食的主儿，千万别为难咱们。钱不够，把您手上镯子押这儿，回头再赎走。不提镯子还好，一提镯子，她登时变了脸。邱先生可能发生了意外，他们的性命就像幼儿手里的一只瓷碗，随时可能摔碎。邱先生出事了，她怎么办？邱先生被抓了，会不会出卖她？邱先生说过，任何人都不值得信任，包括自己。很多人变节并非因为贪生，而是求死不得。壮士殉国，舍生取义。她希望自己成为这样的人，也希望邱先生是这样的人。如果不能安全地活着，那就完整地死去。她凝视着手腕上的镯子，感觉它从没有过的亲切和珍贵。

直等得楼上食客纷纷散去，邱先生还是没有来。她独自享用了一餐对她而言堪称豪华的鱼宴。按常理，邱先生失联，她应该迅速撤离。可是，她总不能连学校都不回吧？她无路可退。还有一个她羞于承认的原因，她舍不得这顿退不掉的美食。

她安静地吃完鱼肉，喝光鱼汤，连鱼骨也剔得干干净净。一边吃，一边思谋邱先生没来赴约的原因。第一，邱先生突发疾病；第二，邱先生死了；第三，邱先生身份暴露，逃走了；第四，邱先生被捕了。他说过，没有人可以信任。如果他供出她，她跑不掉。真到了那一步，她瞟了一眼手腕上的镯子，大不过就是死嘛。她下楼结账，预留出车费，其余的尽数掏出来。还是不够，便解下脖子上的围巾，一并把那只镶着琉璃的手袋也放到饭店。饭店承诺一周之内，可拿钱去赎。

她没回学校，而是找了个地方拨打那个四位数电话。电话接通，她说了暗语，我找太峰先生。对不起，这里没这个人。接电话的是个男人，说完就挂断了。半个时辰后，她换了地方再次拨打那个电话。接电话的还是同一个人，听出她声音，有点不耐烦。又是你？打错了，这里没有太峰先生。连续两次对不上暗号，这个电话不能打了。站在街头，她表面镇静，内心惶惑。邱先生不见了，电话也成了无头线索。她该何去何从？

她徒步走回学校，没钱坐车，留出的车钱打了电话。回到学校，站在校门口，望着广告栏里的广告发怔。她想见一眼贴广告的人，问一问发生了什么事。但她知道，就算见到了，自己也绝不能开口。

她没有回寝室，直接去了饭堂。鱼肉不经饿，下午又走了漫长的路，早已饥肠辘辘。晚餐照旧是照得出人影的清水米汤、盐水煮芸豆，还有青色的菜饼子。有几个同学夸赞她身上的旗袍漂亮，平素穿校服，这件旗袍从未在学校穿过。女同学崔海云问她，你去哪儿了？

一整天没看到你。哦，去柳巷了，那儿好热闹。她头也不抬地回答。对方埋怨她不顾伴，去也不叫我。她笑着解释，临时起意，原是想去附近修钢笔，结果那家店没开门，只好去了柳巷。崔海云不满地嚷嚷，哎哟，我钢笔也坏了，不出水了，我们一起去多好。她道歉，我不知道嘛，下次一定叫你。其实她的钢笔没坏，她的笔是邱先生送的派克，从未坏过。想到不知去向的邱先生，她再度焦虑起来。

晚饭后，崔海云到她寝室，送给她一块甜瓜，约她出去散步。她两腿发沉，想拒绝，又不好推辞。

她们沿着操场跑道边走边聊，崔海云问一句，她答一句。在班里，她是出了名的闷葫芦，能少说一句话，绝不多吐半个字。崔海云问她毕业后的打算，她说自己也不清楚，走一步说一步吧。崔海云问，听说你是个孤儿？她说，母亲还活着，但很少联系。崔海云说，真羡慕你，没人管，想做什么就做什么。她诧异地看着崔海云，一个有爹有娘有家的姑娘，竟然羡慕她这样的处境。如果时光倒流，她宁愿回到闭塞偏僻的赵家沟，只要父母还活着。

她敏感地觉察到崔海云有意识跟她套近乎，她想保持距离，又不想做得太明显，只能耐着性子敷衍。她与崔海云不同，崔海云热情活泼，无论走到哪里，都会成为人群中心。她呢，总像穿了一层隐身衣，就连她的名字，也常常被老师和同学忘掉。她被邱先生训练成了一种会变颜色的虫子，爬到树上，就是树叶的颜色。落在地下，就是泥土的颜色。崔海云瞄上她，一定别有所图。她想干什么？这令她好奇，也让她忐忑。她当初与素娟交好，不也抱着不可告人的秘密？素娟父亲死后不久，素娟就退学了，听说嫁到了外地。这件事像块石头压在她心上，有段时间，她常常梦到素娟。胖乎乎的脸蛋，笑起来弯成月牙儿的眼睛。信念告诉她，自己没有做错。但感情上，她无法释怀。邱先生说她天生是做这行的，根本不是，邱先生并不真的了解她。

每天傍晚，她照例去学校门外观察广告栏有无变化，右上角染有墨色印迹的广告帖再没出现过。她仿佛被抛弃在孤岛，焦灼地等待救援。手里的钱已所剩无几，再这样下去，连温饱都成问题。她把那件阴丹士林旗袍送到了当铺，勉强解决了吃饭危机。还有两个月毕业，只要拿到毕业证，找份教员的差事，她就能自己养活自己了。

又到周末，崔海云邀她到家里玩。崔海云传递出的信号愈加明显了，她一定是有目的接近她。她答应了，终日清汤寡水的胃口禁不住食物诱惑。崔海云出身小康人家，父亲是牙医。如果去她家，起码能饱餐一顿。

午饭果然丰盛，黄米豆沙糕、绿豆粥、凉粉、过油肉等。饭后，她在崔海云房间小憩。两个姑娘并排躺在雕花木床上，崔海云忽然在她耳边说，明慧，你知道牺盟会吗？她心里一惊，多少猜到了崔海云的身份。牺盟会由阎锡山和共产党联合创办，吸纳了许多爱国青年。太原沦陷后，牺盟会转入地下，并由共产党取得了控制权，与阎锡山决裂。这些都是邱先生给她讲的，在太原，乃至山西，共产党的势力与阎锡山不分伯仲，加上日本人，形成奇妙的三足鼎立局面。她淡淡地说，以前听说过，现在还有牺盟会吗？崔海云抿嘴一笑说，现在没有了，但我以前加入过，我是牺盟会成员。果然如此，她沉默，等着崔海云继续说下去。无产者在这场革命中失去的只是锁链，他们获得的，将是整个世界。崔海云语气激昂，神情激动。她所属的党派，最初来自遥远的异域。邱先生说过，那是个长着大胡子的德国人，无数中国人成了他的忠实信徒。他们为之热血沸腾，九死不悔。她问过邱先生，他们是我们的敌人吗？邱先生用他惯常使用的语言风格回答了她。朋友和敌人是两种微妙的关系，也许今天还是肝胆相照的朋友，但可能明天就是不共戴天的仇敌。邱先生现在下落不明，在没有得到邱先生明示前，她决定装聋作哑。她对崔海云说，我听不懂你说什么，我只想做一个自食其力的人。崔海云不甘心，你知道吗？明慧，我们有能力改变世界，也有能力拯救我们的国家。她闭上眼睛，嘴里喃喃道，我对国家大事没兴趣，咱们睡会儿吧。她翻了个身，闭上眼睛，真的睡着了。

自那以后，崔海云对她冷淡了。她一定看扁了她，是啊，像她这种死气沉沉的青年，毫无理想信念可言。崔海云对她失去了兴致，这样挺好，这正是她要的结果。

大约过了半个多月，有个风尘仆仆的女人找到学校，转交给她一封信。信上写着：明慧吾妹，见字如晤。事发突然，匆忙离并（太原简称"并"），甚念。今托秦女士照拂吾妹，大事小情，皆可与之商榷，汝谨记为兄教诲，切不可鲁莽行事。书不尽意，余言后续。信中未署名，她认出是邱先生的笔迹。送来书信的女人正是信中所指的秦女士，邱先生意思不言而喻，从今往后，她要听命于这位姓秦的女人。秦女士塞给她两块大洋，说，老邱暴露了，连夜出逃，为了你的安全，一直没与你联系，这段时间，你受苦了。她接过钱，喜极而泣。她高兴的不是又有钱了，而是邱先生还活着。在她看来，这比什么都重要。她问，有任务吗？秦女士摇摇头，你什么都不用做，等你毕业，我带你走。去哪里？到时会告诉你。秦女士满脸倦容地笑了一下，眼角的皱纹暴露了她的年龄。

四

毕业典礼刚结束，秦女士如期而至。她亲热地拉着她的手说，告诉你的同学们，我是你母亲。母亲？她疑惑地望向她。是的，你有一个改嫁他乡的母亲，她回来找你了，我们母女以后相依为命。

这是邱先生安排的？她内心抵触。

你不愿意？要知道，我们只不过是假扮母女，还有人扮作夫妻，假戏真做，睡在一张床上。秦女士眼里多了一丝尖锐的东西，老邱夸你是个人才，但愿他没有看走眼。

她垂下头，盯着自己的脚尖。她穿着一双深蓝色缎面布鞋，这是一双手工制作的布鞋，卖鞋的女人时常出入学校，很多学生买她的鞋。她本想跟那个女人定做一双男鞋，送给邱先生。但每次都犹豫，因为不确定邱先生是否喜欢。现在，一切都来不及了。总以为时间很多，未来很长。其实不是那样，有时候，转个身，就再也不见了。以后，她要跟着这个姓秦的女人。这不是她想要的结果，她想要的结果是什么？她想要的结果是和邱先生一起，同生共死。这是她无数次幻想过的，她愿意做他的任何人。无论佣人还是情人，妻子还是女儿。他透露过这种可能，等她毕业后，带她去北平，到一个更为广阔的天地施展抱负。现在好了，邱先生走了，她的愿望落空了。她没资格抱怨，邱先生不单是一个人，更是一个组织。就算邱先生不在了，她也得听命于组织，哪怕让她去死。她连死都不怕，跟一个陌生人母女相称算得了什么？想到这儿，她抬起头，莞尔一笑，娘。秦女士反而吓着了，少顷，才不自然地回应，嗯。她抬起手腕，当着秦女士的面从镯子里倒出那粒白色药片。娘，这药过期了，请再给我一片。秦女士定定地看着她，半晌，点了点头。

收拾好离校行装，告别了老师同学，她一路跟随秦女士去了火车站。路上，她称秦女士为"秦姨"。她解释，没有外人在场的时候，我就叫你秦姨吧。秦姨淡淡地扫了她一眼，随便你，别喊错就行。

令她意外的是，秦姨带她去的地方，竟然是三合镇。火车经过一夜晃荡，黎明时分，抵达三合镇。一别数年，这个喧哗的小镇几无变化，仿佛在时间的河流里静止不动。杨家豆腐坊、张氏烧饼铺、醉八仙酒楼、刘记剃头铺……它们一如既往，招牌不变，位置不变。就连街上的行人，也似乎还是从前那些人。

她告诉秦姨，自己曾经来过这里。秦姨警觉地问，这里有你认识的人吗？她笑，我认得他们，他们不认得我。是啊，当年那个衣衫褴褛、不辨性别的小叫花子，与此刻这个亭亭玉立的年轻姑娘有云泥之别。别说旁人认不得，就连她自己，也不敢相信命运会有这样的安排。

记住，你是第一次来这里。秦姨叮嘱她。她拎着沉甸甸的行囊，紧跟在秦姨身后。她们要去镇上的国民小学，她被安排在那里任教。校长姓黄，年届不惑，面容清癯。秦姨手里拿着一封介绍信，黄校长读罢，问她，我们缺日文老师，你能胜任吗？现在很多学校除了国文，日文也是必修课。上一学年，日文老师调走了，这门课就停了。黄校长解释，学校开销大，全靠镇公所补贴，再不开日文课，教师薪水怕是要被停掉。秦姨附和道，那就让明慧试试吧，她在学校学过日语。黄校长诚恳地说，教孩子们学日语也并非见不得人的事，多掌握一门语言总是好的。再说，风水轮流转，没准这茬孩子大了，咱还去占领他们国家呢，学会日本话，岂不更方便？说到这儿，黄校长笑了，笑得有点虚张声势，仿佛他自己也知道，他的这番话，与其说是解释，不如说是掩饰。

黄校长帮她们在学校附近租了两间民房，日子很快安顿下来。秦姨像一个真正的母亲，牵着她的手，逛遍了三合镇的大街小巷。在醉八仙酒楼前，她认出了那个嘴角有一颗痣的老妪。相比几年前，她更衰老了，脊背佝偻，走路摇摇晃晃。

夜里，待秦姨熟睡后，她换了身衣服出门。老妇人住处不难找到，夜静更深，担心院内有狗，她隔墙扔进一枚石子，半天没响动。这家真应该养条狗呢，那样的话，或许她就弃之而走了。她一边冷笑，一边矫情地为这个老太婆惋惜。

老妇人临死前大睁着浑浊的眼睛，皮肉松弛的身体如筛糠般打战，臃肿的脖颈仿佛一条皱巴巴的布袋子，她的手精准地掐紧了袋口。记不记得了？黑暗中，她轻声说。你夸我的眼睛又黑又亮，你是唯一这样夸我的人，我一直忘不了。

老妇人暴死于自家床榻，没人在意一个年迈妇人的猝亡。只有棺材铺抬来了一口棺木，说是死者数月前预定的。这个风烛残年的妇人，似乎早就预知了自己的死亡。

正式开课后，她讲的日文得到黄校长的夸赞。以前的日文教师是日本人，汉语吐字不清，学生们听不懂他的课。镇公所那帮唯日本人是从的家伙，非要在学校搞什么日语竞赛，结果可想而知，孩子们表现不佳，日本人不高兴，还以为学校故意教唆学生不学日语，破坏

"中日共荣"。黄校长的话更像自言自语，他背对着她，望向窗外。院子里有一棵茂盛的楸树，稠密的叶片遮住阳光，投下一地阴凉。黄校长说话时脑袋轻微晃动，她不安地盯着他的后脑勺。她对这个半老男人生出几分同情，在这个特殊年代，人人都像踩在薄冰上走路，稍一疏忽，就会落到冰冷的河水中。每个人都自顾不暇，没有人会救你。

学校召开运动会，开幕仪式上，驻守三合镇的日军大队长渡边少佐，亲临学校。渡边个头不高，三十多岁，体形瘦，皮肤黑。他喜欢中国书法，日本人称为书道，受过教育的日本人不少都热衷书道。渡边略通汉语，一般不带翻译。开幕式结束后，渡边和随行的镇长一行，来到黄校长办公室。渡边带来了自己新写的一幅书法作品，元人马致远的一首小令：枯藤老树昏鸦，小桥流水人家。古道西风瘦马。夕阳西下，断肠人在天涯。黄校长称其笔精墨妙，功底深厚，不足之处是有几个字结构涣散，用中国话说是，缺乏重心。黄校长的本地口音让渡边听起来十分吃力，他只好掏出笔，示意黄校长把要说的话写在纸上。

几名女教师为他们端茶倒水，其中有她。她把洗净的水果装进盘子，送进去。黄校长见她进来，像看到救兵，旋即招呼她留下，差她临时当翻译。她一时疑心黄校长有意为之，眼睛犀利地扫过去。黄校长的头依旧微微晃动着，身体前倾，手里端着一杯茶。怎么看，这一幕都像即兴之举。她用还算流畅的日语帮助黄校长与渡边交流，当黄校长指出渡边书法中几个字的结构不够严谨时，渡边转而询问她的看法。她说，中国传统书法讲究中规中矩，日本书道注重创新，不拘一格，二者各有千秋。她说的是真心话，黄校长挑出毛病的几个字，在她看来，另有一种飘逸的美感，似乎融入了作者的想象力。当然，这些话，她并没有说出口。

渡边提出现场写几个字，黄校长赶紧准备笔墨纸张，她在一旁帮忙研墨。渡边挥笔写下两句中国古诗：大漠孤烟直，长河落日圆。渡边写完后，黄校长也写了一幅，常见的四个字：天道酬勤。看得出，他常写这几个字，烂熟于心，游刃有余。渡边一边看，一边赞赏。最后，渡边把目光投向了她。黄校长察言观色，自然明白渡边用意，对她说，请唐老师也写一幅字吧。她不好推脱，提笔写下：山有扶苏，隰有荷华。渡边显然熟谙中国古典诗词，笑问，唐小姐喜欢《诗经》？她点点头。

渡边用蹩脚的中国话说，《诗经》是世界上最美的文字。

她心头一怔，同样的话，邱先生说过，父亲也说过。

为什么是这两句？

邱先生也这样问过她，她没有解释，更不会对渡边解释。她敷衍道，只是觉得这两句很美。

临走时，渡边特意向她鞠躬致谢，唐小姐，您辛苦了。

几天后，渡边差人送来一封请柬，宴请黄校长与唐明慧小姐。黄校长跟她讲这件事的时候，眼里多了一层忧虑。他一本正经地说，请你母亲到学校来一趟。

黄校长与秦姨究竟谈了些什么，她不得而知。下课后，她跟随黄校长乘坐黄包车去了日军营地。渡边准备了一桌中日合璧的丰盛宴席，既有传统的中国菜，也有日本料理。其中一道刺身，鱼片轻薄如纸，排列在白色瓷盘里，旁边有两碟蘸料。渡边看她喜欢这道菜，问，唐小姐喜欢吃鱼？她点点头，这是什么鱼？渡边说，淡水鳟鱼，很遗憾，这里吃不到新鲜海鱼。临走，渡边让厨房送出两条青花鱼，给他们带走。渡边的目光像两片柔软的羽毛落在她身上，她忽然明白了，跟着秦姨长路迢迢来到三合镇，就是为了遇见这个男人。

回去的路上，黄校长忧心忡忡，你不是第一个。

第一个是谁？她反而显得漫不经心。

也是咱们学校老师，难产死了，已经过了一年多，以为他不会再动这个心思。对不起，我大意了。

她瞥了一眼黄校长，判断他的致歉是否真诚。夜色掩盖了他的表情，她不知道这一切究竟是早已计划好的阴谋，还是命运推送给她的陷阱。

当天晚上，躺到床上的时候，她问秦姨，黄校长告诉你了吧？秦姨说，是的。我能自己选择吗？黑暗中，她轻声问。秦姨的声音像是镀上了空旷回音，跳跃着，忽远忽近。难道你不觉得，这是天赐良机吗？她在这声音的背后，听出了秦姨的窃喜。

渡边对她的垂青于她可能是万劫不复的火坑，在秦姨眼里却是天赐良机。她知道自己的价值，为了荣誉和使命，即使是邱先生，也会把她拱手送出去。

秦姨终于告诉她此行的目的，距离三合镇十几里外有一座日本人开的煤矿，将近二百名国民党军俘虏被关押在里面当劳工，他们过着暗无天日的生活。我们的任务就是想办法送进几个自己人，里应外合，把里面的人解救出来。

就这么简单？

你以为简单？

她沉默了，相比近二百名训练有素的国军，她的个人荣辱立刻像一粒微不足道的灰尘，不值一提。

你有喜欢的男人吗？秦姨问她。她眼前闪过邱先生的脸。第一次会很疼，你闭上眼睛，想着喜欢的那个男人，就不疼了。秦姨以一个过来人的口吻向她传授经验，她嗤笑，关于床笫之事，她并不比秦姨知道的少。她受过专业训练，虽然表面上还是处女之身。

渡边态度阴晴不定，先是差人送来一匹绸缎，几盒点心，颇像婆亲聘礼。那之后就没了消息，像是把她忘了。秦姨坐卧难安，仿佛好不容易到手的宝物失窃了。那阵子，天气不好，时而大雨倾盆，时而小雨缠绵，连续下了几天几夜。三合镇辖内发生了十几起屋毁人亡的悲剧，整座小镇就像被雨水泡烂的棉絮，散发着腐烂的气息。

镇公所冒雨举行捐资救灾活动，秦姨积极响应，跑去捐了五个大洋。回来说，我见到渡边了，黄校长也在，他们问起你了。

你就是为了见他才去捐钱的吧。她冷笑。

当然，你以为这些钱能落到灾民手里吗？秦姨倒也坦白。

你就这么急着把我推给他？

你以为拒绝就能逃得掉吗？这是日本人的地盘，除非我们离开三合镇。任务没有完成，我们当然不能离开。秦姨循循善诱，三合镇是重要的交通枢纽，渡边是个重要人物，接近他，不止那座煤矿，还有更多有价值的东西。

她不再言语，而是望着窗外淋漓不止的雨水发呆。她的心，她的身体，仿佛被这雨水浇透了，浑身上下，湿淋淋的。

雨终于停了，三合镇迎来了久违的阳光。喝饱水分的植物，蓬勃、茂盛，像一簇簇绿色的怪物。渡边再次差人上门，这次是邀请她去青云山游览。距离三合镇不远的青云山上，有一座始建于隋代的灵泉寺。山路不好走，她与渡边分乘两顶人力山轿，随行带着几个日本兵。差不多走了一个时辰，终于到达山顶。

灵泉寺内有一棵千年古槐，树身缠绕着密密麻麻的红布条，皆是进山拜佛的善男信女所留。每根布条代表一个心愿，人世飘零，尤其乱世，卑微的欲望愈加庞杂。大殿内，有几个和尚正在念经。他们敲着木鱼，诵经念佛，两耳不闻窗外事。住持方丈见多识广，抬起眼皮瞥了他们一眼，许是认出渡边是日本军人，神色一凛。渡边微微鞠躬，算是打招呼。方丈遂继续低头诵念，仿若没有看到他们。

渡边问，唐小姐以前来过这里吗？

没有。她摇头。其实她来过，当年在三合镇乞讨，逢庙会，跟随进山烧香的人群到过这里，还饱食了一餐斋饭。

古老的槐树像一柄巨大的绿伞，遮住了寺院上空。寺院念经结束了，一个小和尚信步走来，双手合十。两位施主，本寺备有斋饭，如需要，可到后院食用。说罢，不等他们回答，便转身离开。

你饿吗？渡边问她。

不饿。

二人走进大殿，渡边摘下帽子，恭恭敬敬对着佛像三叩首。她跪伏在佛前蒲团上，抬头望着慈眉善目的大佛，以她有限的宗教知识，分不清这是哪尊菩萨。如来？观音？普陀？文殊？在她眼里，菩萨都长着相似的面孔。殿内值守的和尚殷切询问，施主抽签吗？渡边替她回答，抽一个吧。和尚递给她签筒，她一边摇，一边暗自在心里许愿。她幻想渡边身中数枪倒地身亡，幻想日本兵在战场节节败退，幻想胜利后与邱先生重逢。邱先生夸奖她，你干得不错。她在幻想中热泪盈眶，手中的签筒跳出一支竹签。她拿起竹签，上面四行字，勉强认出两句：三月残花逐水流，风飘万点动人愁。小和尚从她手里接过竹签，施主若想解签，请跟我来。她犹豫片刻，起身随小和尚去偏殿。渡边原本跟在身后，她回头顿了一下，渡边知趣地停下脚步，没跟进来。

解签的正是方丈，他拿过竹签扫了一眼，扔至案头。施主想问什么？姻缘，资财，事运，学业，都可以问。这支签好不好？她单刀直入。方丈略一沉吟道，好与坏并无定数，世间万物，都有因果，有因才有果，有果必有因，此之坏，也许就是彼之好。方丈的话云山雾沼，让她再次想到邱先生。邱先生说话也常常云里雾里。此之坏，也许就是彼之好。她琢磨这句，大体明白了，她抽的签，可能是下下签。她重新拾起签片，辨别上面的字句。后面这两句是什么？看不清楚。方丈显然对竹签内容了如指掌，随口道出：试看春去红叶老，转瞬遂教到白头。

她前后相连念了一遍，如果是姻缘，怎么看？

方丈抬起眼皮朝外瞟了一眼，你和那个日本人，是孽缘，要早早了断。

否则呢？她问。

方丈静静地看着她，脸上的神情仿佛覆盖了一层寒冰。窗外骄阳似火，室内却阴霾横生。

她起身告辞，临出门，回头说，师父，您可知什么是身不由己？

方丈挥挥手，世道如此，我懂，还请女施主好自为之。

她和渡边的第一次就发生在那天晚上，从青云山下来，他径直把她带去日军驻地。她没有违拗，因为知道拒绝和反抗都是徒劳。她顺从得像个听话的孩子，反而是渡边，他把她放倒在床上的时候，转身发了一会儿呆。她注视着他的背影，内心平静。秦姨的经验还是管用的，她闭着眼睛，眼前一直是邱先生的脸。

五

结束了短暂的教书工作，她搬去了日军营地。房间不怎么宽敞，但坐北朝南，光线充足。一张实木雕花架子床，旁边是梳妆台，双门柜。窗户边两把软包座椅，中间放着椭圆形茶几。茶几上铺着鹅黄色桌布，与同样颜色的窗帘相得益彰。她暗忖，房间装饰或许是她的前任，那个难产死去的中国女教师的手笔。这个房间仿佛是一座软绵绵的坟墓，不幸死去的女教师把手里的接力棒扔给了她。

渡边另有住处，离她不远，但她从未去过。他偶尔到她房间过夜，总是半夜来，不及天明就离去。隔壁院子是慰安所，中间仅隔着一道月洞门。门有时关着，有时敞开。里面住着一帮年轻女人，她们装束不同，有穿和服的，有穿旗袍的，还有穿洋装的。天气好的时候，她们聚在院子里晒被子、洗衣服。她不止一次碰到她们，她们称她是渡边的女人。她们是专门服务日本军人的妓女，大多是被诱拐或胁迫来的。她和她们其实并无不同，只不过，她专属于渡边。也许哪天渡边不高兴了，就会把她也送到隔壁院子里。想到这儿，她未免焦虑起来。渡边没有限制她的自由，她可以随意到镇上，还可以随时"回娘家"。秦姨几次提出到这里看她，没能如愿。日军营壁垒森严，没有通行证，外人进不来。

秦姨和她一样焦虑，时间不等人，困在煤窑不见天日的兄弟们等不起。他们忍受着饥饿、病痛，应付着高强度劳作，已经出现人员伤亡的情况。如果等他们死光了，营救也就没有意义了。

日军营地大部分对她开放，灶房，饭堂，训练场地，她可以随意走动。那些士兵对她见怪不怪，他们知道她是长官的女人。营地右上角有扇门长年挂着锁，门口站着守卫的日本兵，墙上有电网。靠近的话，能听到里面传出声响。零星的枪声，尖锐的喊声，凄惨的叫声。有次，她走上前，想一窥究竟，立刻被拦下了。这难不倒她，她瞄准了院子里一棵高大的杨树。上树是她从小就会的本领，脱了鞋，把鞋揣在怀里，光着脚，三下两下，像只精瘦的猴子，立刻爬到树的顶端。她藏匿在树叶间，下面经过的人不抬头细看，轻易发现不了她。爬在树上，能够俯瞰到右角门内的格局。一处阔大的庭院，两排低矮的平房。她看到操练的日本士兵，以及绑缚在木桩上的中国俘虏。他们在用活人当靶子，练刺刀。这事她早就听说过，但亲眼看见，还是吓得手脚发软，差点从树上一头栽下来。

她患了一种奇怪的病症，后背生出大片丘疹，奇痒不止。军医来看过，抹了药膏，不见疗效。又请了镇上郎中，先用花椒水洗，又用艾草熏，病情愈发加重了。渡边终于肯给秦姨一张通行证，允许她来照顾她。作为母亲，当然要发火，秦姨叫嚷着找大夫给女儿看病。渡边劝她们耐心等一等，说过几天，会有一个名医从省城专程到三合镇。渡边离开后，秦姨意味深长地说，他竟然为了你，专门从省城请医生来看病。

你想说什么就明说，不用拐弯抹角。她正为自己突发的疾病焦头烂额，秦姨话里藏刀的口吻让她不快。

我只是想让你保持清醒。

放心，我一直都很清醒。你回去吧，你在这儿，他更不来看我了。

你希望他常来看你？

这不正是你期盼的？我得了这个烂病，万一他再也不来了，岂不是竹篮打水一场空？她心下黯然，这话与其是对秦姨说的，不如是对自己说的。她不能失去渡边的宠爱，她不能被他像扔抹布一样扔掉。她不能让自己的付出，变成枉然。

秦姨走后，渡边亲自端着饭送过来。她吃不下饭，哭天抹泪，伤心的样子愈发楚楚可怜。她追问省城名医专治什么病？是否擅长诊治她的病？渡边说，戴医生曾留学美国，擅长中西医结合治疗，一定能治好你的病。他先到黄桥，从那里返回时，我把他请到这里给你看病。

为什么去黄桥？

黄桥便是日军煤矿所在地，驻守黄桥的是日军一支精锐部队。听渡边提起黄桥，她心里不由一动。

稻田队长病了，比你的病严重得多。

什么病？

渡边难得地开了一句玩笑，你不用关心他，你只要关心我就够了。

她佯作害羞地低下头，脑子里迅速有了计划。

晚上，她提出回趟娘家，说是想吃母亲煮的酸菜汤。渡边专门派人把她送回了家。她把稻田队长病重，省城一位姓戴的留洋名医要去黄桥煤矿的事情告诉了秦姨。秦姨顾不上给她做饭，包了块头巾连夜出门。她不清楚秦姨的上线是否潜伏在三合镇，这不是她关心的问题。她关心的是她获取的情报能否完成任务。

几天后，戴医生如约来到黄桥煤矿为稻田队长看病，随身带着四名助手，三男一女。稻田队长的病需要开刀治疗，从诊治到手术，再到术后观察，恢复，戴医生一行要待十天左右。这期间，渡边失去耐心，亲自带她去了一趟黄桥煤矿。他们乘坐一辆军车，载着十余个日本兵。黄桥煤矿层层设岗，封锁严密，通过三道关卡，才进入主矿区。戴医生与她想象中的样子完全不一样，这位留洋名医矮而胖，脖颈处堆积着厚厚的脂肪，像围着一圈蓬松的围脖。她留意他的手，手掌肥厚，手指却纤细，指关节灵活，确实是一双外科医生的手。她推测到他们会冒名顶替，途中换人。那么，主治医生没换，只换了几个助手？戴医生怎会乖乖听命？哦，那也不难，戴医生必有家人，只要威胁到他的家人性命，他自然会积极配合，所以才会拖延诊治时间。

戴医生旁边的女护士穿着白大褂，戴着口罩，只露出一双漆黑明亮的眼睛。看姑娘，看眼睛。她想到那个死在她手里的老太婆说过的话，这是一个漂亮姑娘。猜得没错，这姑娘是她的同伙。她们的使命是一致的，都是为了解救困在这里的国军兄弟。

经过一番检查，戴医生说她的皮肤感染了病毒，具有传染性。此话一出，渡边不自觉地退后几步，仿佛她已是可怕的瘟疫。她眼里流露出慌张和恐惧，心里却明镜般透亮。如果她的病回天无力，渡边会毫不犹豫地抛弃她。

不过，戴医生接着说，这病好治，痒的时候千万不要抓挠，抓破后流出的汁液具有传染性。

她松了一口气，心想，只要治得了就行。

怎么治疗呢？渡边询问。

戴医生吩咐女护士，用小镊子把她背上的疹子全部挑破，挤出的血用酒精棉擦干净，挤一个擦一个。会有点疼，忍着点。

女护士下手很重，后背密密麻麻的红疙瘩一个个都要挑破，挤出血水。酒精棉每擦拭一下，伤处就传来噬骨般的疼痛。她龇牙咧嘴的样子委实难看了点，渡边往她嘴里塞了块干净手帕，让她咬紧手帕，并且贴心地握住了她一只手。她迅速抽开手，吐出手帕，叫嚷道，离我远点，会传染。渡边尴尬地退出房间。临出门，回头看她，她也正好看他。两个人心照不宣，彼此都知道对方心思。渡边知道他刚才的反应被她识破了，她也知道，他想要弥补，示好。这正是她想要的效果，跟渡边在一起后，她才发现自己特别会演戏。

渡边迈出门的脚步再次返回来，他快步走到她身边，不顾她反对，依然握紧她的手。他鼓励她，忍一忍，很快就完了。

从黄桥煤矿回到三合镇后，她直接回了秦姨家，理由是便于母亲照顾她。秋凉了，庄稼熟了，田野里一片丰收景象。许多人家的院子里，屋顶上，晾晒着金黄的玉米。几天后，她脊背上挑破的皮肤结成一粒粒血痂，发痒的时候，秦姨帮她拍打止痒。她掐着指头计算戴医生离开黄桥煤矿的日期，大约过了一个礼拜，终于传来消息。黄桥煤矿被一支来历不明的队伍袭击，煤矿内部发生矿工暴动，电线被割断，煤窑被炸毁，矿工们分散逃匿，看守黄桥煤矿的日军伤亡惨重。驻守在三合镇的日军第二天才得到消息，赶去援助时，黄桥煤矿已成一座空矿。太棒了，这些人真厉害。她不知道幕后的策划者是些什么人，但是，她知道，是她送出的情报，起了决定性作用。因祸得福，如果不是她突发恶疾，未必能顺利获得戴医生来黄桥煤矿的信息。

血痂逐渐脱落，最初还有一片一片红印。隔了一段时间，皮肤重新变得雪白光滑，仿佛从不曾破损过。简直太神奇了，她原以为，这倒霉的病就算愈合，也会落下疤痕，没想到恢复得这么好。渡边因为黄桥煤矿的事受了处分，情绪低落，有阵子没与她联系。她想借机远走高飞，离开三合镇。秦姨却说，黄桥煤矿的事情，渡边没有怀疑到她们母女身上，上边让她们继续留下。上边究竟是谁？一个人，还是一伙人？邱先生算不算上边的人？上边怎么不想想，等到渡边怀疑她的时候，她就不可能走得了了。她早该料到，他们不会让她轻易离开。她深陷泥淖，即使拔脚走人，腿上的泥也甩不掉，只能继续陷在这堆烂泥里。

转眼过了半月，渡边一直没有派人来接她。秦姨让她主动回去，她推脱不肯。就在进退两难的当口，身体有了反应，先是呕吐，接着厌食。她以为自己又病了，秦姨却说，你不是病了，你是有了。

有了？

你怀孕了。

秦姨的话如当头一棒，她不是没想过这样的情况，真的发生了，还是令她措手不及。

怎么办？她质问秦姨，别跟我说，你没想过这样的结果。

想过，只能生下来，不然怎么办？打胎会死人的。

生下来怎么办？

生下来再说。秦姨说得轻描淡写，这事毕竟与她皮不沾，肉不连。倒霉的只是她，她将怀着一个日本人的孩子。如果说之前只是两条腿陷进了泥淖，此刻，她感觉整个身体都陷进去了，脖子以下的部位都陷进去了。完了，她连自救的能力也没有了。

六

秦姨把她怀孕的消息告诉了渡边，渡边亲自来接她，并解释这段时间出了趟远门。他来的时候手里拎着两条鱼，一筐水果，像一个真正的女婿。

立冬那天，黄校长被发现死在一口枯井内，全身上下被剥得精光，像一只拔光毛的生猪。几天后，又有一个维持会的会长死在回家的路上，身中数刀。渡边为了她的安全，不让她随意出门。她终日困守在房间，围着一个铁皮洋炉取暖。肚子里的胎儿日渐膨胀，渡边现在很少到她的房间，一日三餐有人送来。秦姨也被人盯上了，接连遇到两次危险。如果她不是受过训练，恐怕也和黄校长一样，已命丧黄泉。

这年冬天的雪来得早，树上的叶子还未落尽，大雪就纷纷扬扬地覆盖了三合镇。她跑到院子里看雪，远远瞭见大门外押来几个五花大绑的人，其中还有一个女人。他们一个连着一个，像串糖葫芦似的串在一起。她小跑着奔过去，惊讶地发现那个女人竟然是崔海云。崔海云也刚好抬起头，两个人在冰天雪地里，瞪圆了眼睛，四目相对，同时喊出了声。

唐明慧。

崔海云。

她过去拦住了他们，旁边的日本兵看到这种情形，暂时停下脚步。她走过去，握住崔海云的手。崔海云衣衫单薄，头发蓬乱，两只手冷得像块冰。

崔海云发现了她臃肿的腰身，你怎么在这里？你怀孕了？

她不知怎么作答，只好呆呆地看着崔海云。

其中一个日本兵向她礼貌地鞠躬，没什么事的话，我们得走了。

崔海云像是明白了什么，迅速抽回自己的手。

直到他们走远了，直到他们被押进了戒备森严的右角门，她依然站在雪地里发呆。

秦姨说，这次抓的就是暗杀黄校长的那些人，我也险些死在他们手里，这些蠢货，放着该杀的人不杀。

他们杀的是汉奸，把女儿亲手送给日本人，难道不算汉奸？她语气讥诮，就像说的是旁人的事。

别说这些了。秦姨知道她心里有怨。别管你那个女同学，他们和我们不是一路人。

怎么不是一路人？在我眼里，他们和我们就是一路人。

你想怎么管？你能管得了吗？秦姨不高兴了。

她是我同学，我不能眼睁睁地看着她死在日本人手里。

我有个主意，也许救得了她。秦姨怕她自作主张，提出一个折中的办法。

什么主意？

实话实说，去求渡边，说她是你同学，或许能保她不死。

她最终听从秦姨的建议，去找渡边求情。渡边很久没来看她了，一大早，她挺着个肚子，裹块头巾守候在渡边的住所外，门口站着两个日本兵。

你怎么在这儿？这么冷的天，怎么不待在房间？渡边开门出来。

我找你有事。她搓着双手，鼻子冻得通红。我昨天在大门口看到抓来几个人。有个女的是我在女子师范时的同学，我不知道她犯了什么事。她一边说，一边观察渡边的神情。

那几个人是八路军游击队的散匪，最近活动猖獗，破坏"日中亲善"，还烧毁我们的粮库，残害良民。

会把他们怎么样？她冻得瑟瑟发抖，不停搓着双手，说话的时候舌头打战。

这不是你该关心的事情，天气这么冷，你先回屋吧。渡边推了她一把，面露不悦。

她知趣地朝前走，走了一会儿，回头看，渡边还站在原地看着她。见她回头，挥挥手，让她快点走。

秦姨的主意根本不起作用，渡边不可能因为她放了崔海云。

午后，她抱着条御寒的棉被，拎了一盒热腾腾的饭菜，去右角门探望崔海云。守卫日本兵不让进，她赖着不走。饭菜凉透了，她自己也冻得脸色发青，索性跪坐在雪地里。日本兵无奈，报上去，请示渡边。渡边放出话，许可她探监。她膝盖发麻，起不了身，两个日本兵架着她的胳膊，把她搀扶进牢房，另一个日本兵拿着饭盒和棉被跟在后面。

这是一间单独牢房，透风的窗口钉着铁条。崔海云抱着膝盖蜷缩在墙角，门开了，她听到动静抬起头。

她移步上前，把被子抖开，盖在崔海云身上。

你这是干什么？崔海云语气冷淡，但没有拒绝棉被，而是更紧地裹在身上。

饿了吧，我给你带了点饭，可惜都凉了。她打开饭盆，里面是白米饭和豆腐。

崔海云接过饭盆和筷子，埋头就吃。

能给她倒杯热水吗？她用日语对门口的日本兵说。

日本兵端来一杯热水，崔海云接过杯子，仰头喝了几口。

毕业后，我跟随母亲来三合镇教书，被一个日本军官看上了。我没得选择，你懂的。

我不懂，我怎么会懂呢？崔海云抹了抹嘴巴。

你呢？你是怎么被他们抓到这儿的？

毕业后我就离开家了，先去了雁北，后来到了这儿。昨天我们在小西沟开会，中了埋伏。

以后怎么办？

听天由命吧，落到日本人手里，我就没打算活着。

他们会给你用刑，你不怕吗？她说出自己的忧虑。

崔海云不吭声了，许是觉出了害怕。

我想求你一件事。

什么事？你说吧。

如果我死了，请你以后去趟我家，告诉我父母，我很想念他们。崔海云说到这儿，终于呜呜咽咽地哭起来。我是偷偷离开家的，他们根本不知道我去了哪儿。

好，我一定去。她向崔海云保证。

两天后，她再次去看崔海云。酷刑后的崔海云体无完肤，面目全非。不知他们给她用了哪种刑具，整张脸肿得像馒头。她轻轻拍了一下她的脸颊，她立刻疼得叫起来。

疼死了，我现在连死的力气也没有了。真后悔，刚进来的时候，没能找个好死的办法。说穿了，还是不想死，以为能够侥幸活下去。崔海云艰难地说着每句话。

她端着杯热水，用勺子一口一口喂她喝。

真甜。

我加了糖。

谢谢你，唐明慧，我不喜欢你，还是要谢谢你。

他们对你做了什么？她想不出崔海云经历了怎样的折磨。

只有你想不到的，没有他们做不出的。我以为我挺不住，没想到还是挺住了。崔海云肿胀的脸上浮现出一丝笑容。

为什么不把你知道的说出来？

你以为说出来就不会死了？说出来也会死，无论怎样都会死。与其做个可耻的叛徒，还不如死在日本人手里。你不会懂我的，就像我不懂你一样。

你后悔吗？

你呢，你后悔吗？崔海云反问她。你怀着一个日本鬼子的孽种，我要是你，早就死一百回了。我宁愿死，也不会做这种事。

寒风从钉有铁条的小窗户刮进来，阴冷昏暗的牢房内，两个年轻姑娘绝望地对视着。

我们这种人没有明天。

你说什么？崔海云吃力地张大嘴，捧着杯子，喝光最后一滴糖水。

她背过身，抬起手腕，拨开镯子机关，里面的药片滚出来。她把药片放在掌心，转回身。

这是什么？

我救不了你，唯一能帮你的，就是给你这片药。吃了它，就不用受罪了。

崔海云明白了，眼睛放出光。她迅速捏起药片，藏入袖中。晚上我再吃，我不会连累你。

谢谢，这个时候了，还想着我。

可是，明慧，你怎么会有这种药？崔海云狐疑地看着她。

我不想说，可以吗？

好，不勉强，记得我拜托你的事，一定去看看我父母。

放心，只要我活着，一定去。

七

冬天过去，春天来了。她顺利产下一个健康的男婴，渡边很喜欢这个孩子，几乎每天晚上都会到她的房间逗留一会儿。孩子尚未满月，秦姨接到命令，要去一趟省城。

你把我丢在这里算什么？她不免惊慌。

我很快就回来了。秦姨安抚她，我不在这段时间，你安心照看孩子，不要与任何人接触。

渡边若是问起你，我怎么跟他说？

就说我回老家了，过阵儿就回来。

秦姨仓促告别，那竟是她们最后的诀别。从那之后，她再没有见过秦姨。她被丢在三合镇，成为一枚弃子，自生自灭。她设想过种种可能，就算秦姨遭遇不测，还有邱先生呢。邱先生应该知道她蛰居在三合镇，怎么连他也把她忘了？

秦姨迟迟不归，渡边问起她母亲。她一口咬定，母亲回老家了，下落不明。兵荒马乱的年代，万事皆有可能。那段时间，她日日抹泪。一方面在渡边面前做戏，以示担心母亲不测。另一方面也为自己未知的前途哭泣。

她对孩子的感情一日比一日复杂，从起初的憎厌，到渐渐地牵肠挂肚。她无数次想过，扔下他，一走了之。仅仅这么一想，就觉得万箭穿心。她像被绑了锁链的囚徒，哪儿也去不了。做了母亲的她第一次体会到了，生命其实不属于自己。至少在这个孩子成年之前，她的命与孩子纠缠在一起。这不是她的选择，这是命运替她做出的选择。

渡边情绪越来越糟糕，常常一个人喝闷酒，喝多了就说醉话。他用的是母语，而且是方言。她听不真切，但也能大致判断出目前的状况。训练场上操练的日本兵一日比一日消沉，那些二十多岁的年轻人，常常聚在一起，哭着喊着吟唱家乡的歌谣。她敏感地觉察到，中国和日本的这场战争，快要结束了。

很快，渡边在一场战役中受了重伤，送回驻地时，只剩一口气。

她抱着孩子第一次被允许走进他的房间，他躺在床上，奄奄一息。书桌上，立着一幅相框，里面是一张全家照。穿军装的渡边与一个穿和服的日本女人并排坐在一起，膝下站着两个孩子。一个男孩，一个女孩，那是他远在日本的妻儿。床头挂着渡边自己写的书法作品：会当凌绝顶，一览众山小。他在写这几个字的时候，想必梦想有一天带着显赫的军功衣锦还乡。然而，他再也回不去了，他将死在异国他乡，远离故土。这是他的宿命，也是他的报应。

他马上要死了，她本该高兴才对。不用她亲自动手，他就死了，再没有比这更好的结局了。可是，她高兴不起来。她怀里抱着的孩子从此失去父亲，记忆里不会有父亲的任何印象。这么一想，她又觉得踏实。如果可以的话，她会用一生的时间守口如瓶。孩子将不会知道自己的身世，她会为他虚构一个父亲。她几乎下意识地，把他看作是邱先生的孩子。她要给他取一个中国名字，姓邱，叫邱明。明天的明，明亮的明，光明的明。

渡边虚弱地做手势，让其他人出去，屋子里只剩下她和孩子。他嘴巴张了两下，想说什么。她俯身把耳朵贴到他嘴边，终于听清楚他的话。他让她揭开墙上的书法，背后有个隐秘的小洞。她把孩子放在床上，抠开洞口，从里面拽出一小卷布帛。打开，里面包着几根细长的金条。他示意她把金条收好，这不是给她的，而是给这个孩子的。她当着他的面把金条塞进衣服夹层，他一句话也没说，他已说不出话了。他把头转向窗边的桌子，她把桌上的相框给他，放在他枕边。他勉强笑了一下，算是感谢。他闭上眼睛不再看她，她抱着孩子静静站在床边。他对她，是否有过怀疑呢？他对她，是否有过真情呢？这些，随着他的死亡，成为永远的秘密。那么，她对他呢？是否有过感情上的依附？不，她立刻否定了。她否定得这么快，这么决绝，恰恰是因为，她知道自己，曾经有过瞬间的动摇，瞬间的沉沦。

渡边死后，新来的少佐把她和孩子送至一墙之隔的慰安所。她带着孩子住进鸽子笼一样的小房间，遇到接待日，隔壁传来日本兵寻欢作乐的声响。在这里，吃穿用度都需自己出钱添置，幸好她有点积蓄，否则，不接客，就没有收入来源。管理慰安所的日本男人名叫小林健二，他与渡边生前有点交情，没有强行让她接客，而是安排她做清洁。有个生养过孩子的朝鲜女人教她怎么用一根绳子把孩子绑缚在背上，这样，就可以腾出双手做事。她每天背着孩子打扫院落，每个慰安妇房间门口都放着一只垃圾桶，里面装满避孕套和清洁袋。那是为了避免怀孕和性病传播而强令日本兵使用的性工具和清洁粉。每逢接待日，这些女人要接待很多日本兵。她们已经麻木了，有时会裸着双腿在院子里走来走去。起初，大家忌讳她是渡边少佐的女人，表面上给予她三分薄面。日子久了，逐渐失去耐心。她们接受不了一个与她们处境不同的女人住在这里，凭什么她和我们不一样？她们大约抱着这样的心思看待她。她晾晒出去的衣物，尿片，常常不翼而飞。

她拿出一根金条，偷偷给了小林。在小林的帮助下，她离开慰安所，购买了一张去往省城的火车票。她念念不忘对崔海云许下的誓言，刚下火车，就抱着孩子去了崔家。崔父崔母尚不知晓女儿的死讯，他们对她态度冷淡。她在开口之前，改变了主意。离开崔家后，她写了一封信，把崔海云对父母说的话详细写到信中，寄送到崔家。

回到省城的第二个月，太平洋战争宣告结束。几乎一夜之间，日本兵消失得干干净净。大街上，锣鼓喧天，欢庆胜利的人们扭着秧歌，甩着红绸，吹着唢呐。她抱着孩子，站在人群中，流下欣喜的眼泪。

她兑换了一根金条，租了间房子。她试图寻找邱先生，可是，除了邱姓以外，她对他一无所知。一年后，内战爆发。儿子五岁那年，解放军进城，人们再度欢呼胜利。如同大海里的一粒沙，她被裹挟在历史的潮流中，一步步走向未知的明天。

八

新生的红色中国像一艘巨大的船，载满兴奋的中国人民，载着她和儿子，驶向新的生活。她成为一名人民教师，儿子也开始上学读书。她依然年轻漂亮，成为不少媒人瞩目的对象。只是，这短暂的一切，很快就像吹得胀鼓鼓的气球，噗的一声，就破了。

一天，有两个军管干部拿着一封信找到她的学校。这封信就是她当初写给崔海云父母的亲笔信，信中详细记述了崔海云生前留给父母的遗言。这封信成了不可抵赖的罪证，她被带去接受调查和审讯。

你怎么会见到崔海云同志？

我在三合镇国民小学教书时，被一个日本军官看中，被强行抓去日军驻地。

这么说，你是慰安妇？

不，我不是。她慌乱辩解。她亲眼看见过慰安妇的生活，不想在自己头上扣这么一顶帽子。她想得太天真了，她竟然忽略了，她的儿子，其实是一个日本人。

你应该知道我们的政策，坦白从宽，抗拒从严。你老实交代，崔海云同志是怎么死的？

她想到那片药，差点脱口而出。不，另一个声音及时阻止了她，药片来历将成为一团纠缠不清的乱麻，她还会成为杀害烈士的凶手。

崔海云被日本人抓去后，受尽酷刑折磨而死。临死前，她拜托我去看望她父母，所以我才写了那封信。

我们会派人去三合镇调查。

她心里一沉，知道儿子的身世恐怕藏不住了。

果不其然，时隔不久，关于她的流言传遍了全校。她是汉奸，曾是日本军官的情妇，她的孩子也是日本人。这还了得？她岂不是藏匿于人民群众中的特务间谍？她被停职反省，儿子在学校被同学欺负。房东中止与她的租约，紧接着，家产被抄，私藏的两根金条更加成了不可抹杀的铁证。她一下子沦落到老鼠过街人人喊打的狼狈境地。就在走投无路的时候，有个心善的妇人把家里闲置的柴房借给她栖身。白天，她接受没完没了的审讯。夜里，她回到简陋的柴房，搂着儿子，思考下一步何去何从。幸好没有人怀疑她的身份，政府认定她就是唐明慧。她也不想把从前的事抖出来，那样的话，她就不仅仅是汉奸的身份，还要背上国民党特务的罪名，被卖入青楼的经历也会被翻出来。然而，当有人把一张男人的相片放到她面前，问她最后一次见到他是什么时候时，她瞬间惊呆了。相片上的不是别人，而是邱先生。

我不认识他。她本能地抵赖。

他是你叔叔，你怎么会不认识？你这个女人真不老实。

她惊得眼珠子都要掉出来，叔叔？邱先生竟然是她叔叔？她垂着头，佯作害怕而紧张，说话也结结巴巴。

我，我……他是他，我是我，我不想和他扯上关系。她即兴撒谎，想蒙混过关。她现在不是一个人，还要考虑儿子的处境。她不能往自己身上招揽更多麻烦。我叔叔把我上学的钱拿走了，那之后，我再也没有见过他。

那你上学的钱是哪里来的？审讯她的干部没那么好糊弄。

祖母临终前给我留下一笔钱，叔叔只知道一部分，他不知道我还藏了一部分。她继续撒谎抵赖，结合邱先生之前给她编的身世。我叔叔是个败家子，他不肯过普通人的生活，总是梦想做一番大事业。祖母知道我靠不上他，提前教给我把钱藏好。

你那时才十岁，就有这样的心机？显然，他们已经去她籍贯上的家乡查验过她的身份。他们似乎信了她的话，很可能她说的这些与他们的调查结果吻合。她终于知道邱先生的钱是哪里来的了，他卖掉了老家的祖产。那么，真实的唐明慧去哪儿了？邱先生为何把唐明慧身份转给了她？只有一种可能，唐明慧死了。邱先生的亲侄女，夭折了。

你知道你叔叔干什么的吗？

无论他干什么，都和我没关系，我也不想知道。她心里盘算，接下来，他们该问她母亲了。秦女士，秦姨，他们是否掌握了更多信息？

你母亲在你毕业的时候来找你？

是的，我对她没多少印象，但她拿着一张和我父亲的合影。她说她无依无靠，要我和她一起生活。

相片还在吗？

早不知丢哪儿了。提起母亲，她咬牙切齿。我真希望没有这样的妈，是她把我送给日本人的，她毁了我一辈子，让我一辈子抬不起头做人。她一边说，一边捂着脸失声痛哭，像一个受尽委屈的孩子。她演戏的本领似乎更好了。

她带你去的三合镇？审讯她的人语气变得温和了。

是的，后来的事，你们都知道了。她觉察到，他们对她母亲没多少兴趣，他们更感兴趣的是她的叔叔，总是把话题往他身上引。

你知道你叔叔是蓝衣社的吗？

蓝衣社是什么？她实话实说，她还是第一次听到蓝衣社这个名称，听上去像一个组织。

蓝衣社是国民党内部的特务组织，你叔叔曾是蓝衣社骨干，七七事变后，这个组织就解散了，其中的骨干分子加入了军统。

我不知道这些。她呆呆地摇头，我连他的名字都不知道，只记得父亲叫唐得水。她下意识说出这句话，她期待知道邱先生的真实姓名。

他叫唐得民，这家伙是敌特分子。如果有他消息，第一时间通知我们。

放心，放心。她内心一阵狂喜。邱先生果然活着，说不定会来找她，他们还有希望见面。

那之后，很长一段时间，没有人再来盘查她。她恢复了工作，但不再是光荣的人民教师，而是清洁工。清扫校园，厕所。

儿子不止一次问她，妈妈，我是日本鬼子的孽种吗？

不，你不是。她坚决否认。她是儿子最后一道保护伞，如果她也承认了，他就彻底崩溃了。

那我爸爸呢？儿子盯着她，眼睛像极了渡边。

死了。她肯定地说，病死了。

我爸爸姓邱吗？

当然。她有些懊恼，也许应该让儿子姓唐，邱先生明明姓唐。不如你以后跟妈妈姓吧，姓唐好不好？

不好，爸爸姓邱，我也姓邱。儿子心事重重，脸上是与他年龄不相符的忧虑。可怜的孩子，他还在疑惑自己的来历。

这天，放学后，这个寂寞的孩子没有回家，而是跑去河边捉小鱼。学校背后有一条河，刚刚下过雨，河水浑浊，水底泥沙柔软。水中时常游过手指一样长短的灰色小鱼，她用这种小鱼给儿子煮过鱼汤。儿子想多捉几条小鱼向母亲邀功，他看出母亲喜欢喝鱼汤。他低着头，耐着性子在水里捉鱼，丝毫没有留意到上游泄洪，洪水正像凶猛的野兽咆哮而下。当他听到巨大声响直起腰身的时候，洪水已经像一座山似的压过来。

那场洪水卷走了十岁的小邱明。

儿子死后，她无数次想过，这也许是冥冥中老天爷对他的眷顾，不愿让他在人世间受苦，所以早早收回去了。她同时也想过，这或许是因果报应。渡边双手犯下的罪行报应到了无辜的孩子身上。他为什么要来这世上走一遭呢？糊里糊涂来，来的时候没有接受过父母的期待和祝福，像只不受欢迎的小动物。现在又糊里糊涂走，走的时候，孤零零的，没有亲人陪伴。

她想不明白，昏天黑夜地在床上躺了几天几夜，如果不是房东去柴房取东西，她可能就那样跟着儿子去了。死神对她总是手下留情，她无数次徘徊在死亡边缘，又无数次侥幸地活过来。老天爷究竟是不舍得带她走，还是故意留她在世上受折磨。

学校运动不断，每次运动都会把她揪出来。她被定性为历史反革命分子，锒铛入狱，判了六年有期徒刑。

她以为自己会死在牢里，没想到连一场大病都没得过。每天应付高强度的体力劳动，把一块块巨石敲成小石子，傍晚收工回去，全身累得像散了架。吃过饭，倒头就睡。没有多余时间思考，没有多余时间感怀身世。有衣穿，有饭吃，有活干，有床睡。她在里面住了六年，竟然胖了几斤。长期露天劳作，风吹日晒，从里面出来的时候，曾经白皙的皮肤变得黝黑如泥，脸上的皱纹仿佛刀刻上去的一样。

出狱后，街道办事处给她安排了一份工作，去冷饮厂当工人，她在那里一直干到退休。

她死于八十年代末的一个冬天，尸体发出异味才被邻居发现。他们打开房门，看到了歪在桌边的她。桌上散落着几页纸，那是一封没有写完的信，写给一个邱先生，或者唐先生的。没人知道这是什么人，那封奇怪的信是这样写的：

我不知该称呼你邱先生，还是唐先生？邱兄，抑或唐兄？我不知道你是否活着。或许你也死了，只有我苟活于世。相比那些死去的人，这是多么奢侈的事。

你从未问过我叫什么名字，你可知，我最大的愿望就是再次遇见你，告诉你我的名字。我叫赵荷花，出淤泥而不染的荷花，濯清莲而不妖的荷花。我不愿就这样离开人世，连一个知道我真实姓名的人都没有。然而，除了你，又有谁会关心我叫什么名字呢？无论唐明慧，还是赵荷花，在别人眼里，不过一个符号罢了。但在你眼里，它们不一样，我知道不一样。

我余生别无所求，只想告诉你我的名字。对了，你有过一个儿子，名叫邱明。在我心里，他就是你的儿子，我们的儿子。他在这个世界只活了十年，但在我心里，他一直活着。

诗经是世上最美的文字，这是你说的话，也是我父亲说过的话。"山有扶苏，隰有荷华。"我出生在六月，父亲为我取名荷花。

……

桌上还扔着一本薄薄的册子，书名《抗日战争中的山西》。这书常见，并不稀奇。稀奇的是那本书是翻开的，上面有一段用红笔醒目划出来的段落："1939 年 11 月 6 日，日军进犯赵家沟，烧毁房屋 30 间，窑门窗 20 眼，抢掠宰杀驴、猪、牛、羊、鸡百余只。37 名村民为躲避日军搜捕，藏身在一个山洞，不料汉奸引路，被日军发现，拿来柴草点火向洞中扇烟，37 名村民全部被烧死熏死，无一生还。"旁边用红笔手写批注：此处有误，生还者一人，名赵荷花。

失父记 |

　　浴室里，水雾弥漫，一团壮硕的白肉朝韩宝军缓缓移过来。这是个白胖男子，挺着圆滚滚的啤酒肚。热气氤氲，他的头部和身体看上去就像小皮球摞在大皮球上面，充满喜感。胖子来到韩宝军身边，递给他一块皱巴巴的澡巾，同时给了他一枚白色塑料片。韩宝军接过澡巾，顺手把塑料片扔进旁边的盒子里。他礼貌地问客人，您是躺下还是站着？

　　胖子没有立即回韩宝军话，而是伸手在床板上摸了一把。喊，能摸到什么？除了水珠，能摸到什么？看样子，他想躺到上面。像他这样的身板，搓澡时，当然是躺着舒服。可是，他一定疑心床不够干净。浴室只有两张按摩床，每一张都是千人躺，万人趴。一个使完了，水冲一下，另一个接着爬上去。公共澡堂客人多，卫生条件差。皮革面破了几个洞，露出海绵，瞧着千疮百孔，怪寒碜。多数男人不计较，然而，爱干净的就不免忌讳。显然，胖子是个爱干净的。他像女人般忸怩了一会儿，终于说，站着搓吧。说完，规规矩矩撑开双臂，俯身趴到床边。

韩宝军抬起手臂，先捋去胖子背上的水珠，又拍了拍臀部的肌肉，仿佛检验"肉"的质地。这是他的习惯动作，无论客人皮松肉糙，还是皮光肉滑，韩宝军下手的力度都一样。少数客人受不了他的大力道，会"哎哟"叫出声。多数则闭着眼睛享受，任由他擀面条似的，在他们身上反复搓弄。在他卖力地搓弄下，客人身上一层一层，一绺一绺的黑泥就仿佛墙皮剥落般，扑簌簌往下掉。

哦，不用说也看出来了吧，韩宝军的工作就是搓澡。他是大澡堂的搓澡工。大澡堂！没正经招牌，人人都叫它大澡堂。

大澡堂其实不大，原是一家国企的职工澡堂。后来，企业破产，接着重组、整合、兼并、转型……闹腾了几年。轮番的闹腾中，厂子就像掉进水里的肥皂，一点一点消失了。偌大的厂房变成平地，接着，高楼拔地而起，一座比一座高。在这凤凰涅槃浴火重生的改造中，地处边缘的一幢小楼死里逃生，存活下来。这幢小楼就是大澡堂，为配合城市改造，它也小小地改了头、换了面。外墙刷上淡黄色的墙粉，里面重新贴了瓷砖，保留下原来的水磨石地板。整个澡堂格局没变，一层男浴，二层女浴。更衣室木箱换成上了漆的铁皮柜，增加了几张按摩床。大澡堂不再是职工澡堂，成了面向群众的商业澡堂。承包澡堂的老板不知什么来历，据说和工商、税务、水电部门都能说上话，也因此，大澡堂才能多年保持四元钱澡票不涨价，是青城市收费最便宜的澡堂。搓澡价格也不贵，半身三元，全身五元，连搓带洗，九块钱足矣。客人喜欢大澡堂，原因之一就是图它便宜。其次，中意这里的搓澡工。用客人的话说，这里的搓澡工"给力、得劲儿"，搓完了浑身舒坦，隔一阵不搓就皮痒痒。韩宝军就是这有口皆碑的搓澡工之一。

韩宝军在给白胖男人搓澡的同时，瞟了一眼旁边的盒子。他暗暗算计着，里面已经有16块塑料片了，1块塑料片代表1个客人，一个客人5元钱，16个客人80元，80减去20是60。20元是给澡堂的占场费，你在人家地盘挣钱，就得出场地费，这是规矩。减去20元，他今天净赚60元。再接4个客人，任务就完成了。没人给他下任务，他自己定的，也算目标，或称计划。计划内日收入不少于80元，凑够这个数，心里才踏实。到了周末，自然不止这些，会更高。

在钱的问题上，韩宝军比较洒脱。世上的钱是挣不完，也挣不够的。凡事都得掂量着，秤盘着，眼里不能光瞅着钱。人是肉做的，不是铁打的。客人多的时候，连续六七个搓下来，他就躲到休息室偷懒。搓澡是个体力活儿，累了，就得歇一歇，展展腰，喝半缸盐水，或者抿口白酒。澡堂湿气重，每个搓澡工都随身带只细颈小瓶，里面装着高度白酒，时不时抿一嘴。冬天靠它躯寒，夏天靠它活血。他不是每天上班，周末两天不休息，周一至周五隔天休息。每月出二十几个工。平均下来，月赚两三千不成问题。到了旺季，赶上年节，澡堂人满为患，客人就像一锅一锅煮不完的饺子。这种时候，每天都能挣两三百。韩宝军对自己的收入挺满意，这年头，干啥都不容易，能挣这些，知足了。

韩宝军不是本地人，七岁那年，他跟随父亲从乡下来到青城，投奔亲戚。亲戚在国营煤矿上班，说矿上要招一批农民合同工。来了才知道，人家只招未满三十岁的，父亲那年已经四十出头了。招工没成，父亲牵着他在青城的大街上走来走去，看着城里的高楼大厦，马路上跑得欢快的汽车、摩托。父亲问他，宝军，城里好还是老家好？韩宝军说，当然是城里好。父亲郑重其事地点点头，好，那咱们不走了。从此，青年路口多了一个摆摊修车的，旁边竖着块木板，上面用红漆写着四个大字：打气补胎。顽劣孩子经过修车摊时，常把四个字斜着念：打胎补气，打胎补气。"打胎补气"的父亲不理他们，只顾埋着头，专心致志干自己的活儿。

初时，父亲带着韩宝军栖身在一座小平房，面积只有五六平方米，是一户人家的储藏室改装的。房租便宜，每月十块钱。左右都有邻居，卖豆芽的、拾荒的、修鞋的、弹棉花的……都是在城里讨生活的外乡人，谁也不嫌谁寒碜。

韩宝军就近上了学，户口不在本地，每学期多收几十块借读费。父子俩的日子就这么过下去了。

熟惯了，邻居不免问，宝军，你妈呢，你妈怎么没和你们在一起？小小年纪的韩宝军头也不抬地说，我妈死了。父子俩对外口径一致，韩宝军没有母亲，母亲死了。真相当然不是这样，母亲不是死了，而是跟人跑了。据说，跟一个走村串户打家具的木匠跑了。这事对于男人来说，当然是奇耻大辱。父亲带着韩宝军背井离乡来到这儿，未尝不是想把头上的绿帽子摘干净。

如同每个做父亲的一样，父亲也希望韩宝军出人头地，学业优秀，可韩宝军学习成绩一直是中等水平。中考时，差四分没考上高中。学校规定，差一分交五千，四分就是两万，韩宝军被这两万挡在校门外。父亲说，是你自己没考上，别怨我不让你念书。韩宝军想得开，对父亲说，就是考上了，我也不想念。即便日后考上大学，学费贵死了，我哪念得起。父亲生气了，伤心地说，你要真能考上大学，我卖血也供你念。你连高中都没考上，还说风凉话。韩宝军不敢吱声了，他把书本全都装进编织袋，背到废品收购站，卖了八块钱。从此，彻底告别学校。

父亲希望儿子到国营煤矿上班，他拎了一箱牛奶上门找亲戚。亲戚曾是基建科科长，退休了。亲戚说，现在不比从前，招工只招子弟，你儿子没有本地户口，也不是职工子弟，想进煤矿上班，一个字——难。父亲不甘心，恳求亲戚想想办法。亲戚劝他，勉强招进来也是临时工，啥保障也没有，还都工作在井下一线。遇上效益不好，裁员，说不用你就不用了。孩子这么小，你愿意他受这罪？父亲认真想了想，是啊，如果只是临时工，何必非得当矿工呢。

眼看儿子招工无望，父亲便让韩宝军跟他一起学修自行车。可是，不知啥时候开始，骑自行车的越来越少了。有钱人买了私家车，没钱的乘公交车。公交线路四通八达，以前青城只有十几路公交车，现在倒好，排到五六十路了。为了谋生，父亲拓宽业务，买了台手动缝合机，无师自通学会了修鞋。韩宝军对父亲的营生没多大兴趣，不愿跟父亲蹲在马路边吸灰尘，而是自己找了份工作，应聘到一家酒楼打工。端盘子传菜，洗碗打杂。吃住有人管，平时不回家。究竟年纪小，没常性，经常跟着领班跳槽。倒也不怕没地方，饭馆酒店就像雨后春笋，今天东家开张，明天西家剪彩，总能找到干活的地方。但无论跳到哪里，还是端盘子传菜，洗碗打杂。零敲碎打，一晃，几年过去了，韩宝军长成了二十多岁的小伙子，还交了女朋友，名叫纪蓉蓉。

纪蓉蓉跟韩宝军在同一家餐馆打工，与韩宝军同岁。有一次，纪蓉蓉收拾餐具不小心，失手打碎几只盘子，遭到领班一通恶骂。午后两点，顾客散了，轮到服务员吃午饭，纪蓉蓉哭哭啼啼躲在卫生间不出来。下午，员工们有几个小时的休息时间。韩宝军看到纪蓉蓉一个人站在门外发呆，走过去说，你饿了吧，中午没见你吃东西。纪蓉蓉叹口气，活着真没意思。韩宝军说，瞧你，不就打碎几只盘子嘛，至于这样长吁短叹。纪蓉蓉说，几只盘子扣我二十块钱，扣钱也就罢了，凭什么那样骂我，我又不是故意的。

韩宝军说，我跟你说件事，你可别对旁人讲。

什么事？韩宝军的话勾起纪蓉蓉的好奇心。

韩宝军说，上个月清扫卫生，我把包间里的一只景德镇瓷瓶打碎了，谁都难免有失手的时候嘛。

纪蓉蓉惊讶地说，原来这事是你干的？

韩宝军点点头，我当时就把现场清理干净了，碎碴用报纸捆紧，隔窗扔出去老远。窗外是一家学校操场。

纪蓉蓉掩嘴笑道，你真狡猾，大家都以为瓶子是顾客顺手牵羊偷走了。以后可不敢这么干了，经理说要在包间装摄像头。

韩宝军满不在乎，早就说装，不是到现在也没装嘛。

韩宝军与纪蓉蓉分享了秘密，纪蓉蓉心情好许多。心情好了的纪蓉蓉嚷嚷肚子饿了，两个人一起去街角吃炒面皮。结账时，韩宝军抢先付了账。从那以后，纪蓉蓉与韩宝军的关系就变得亲近了。没多久，出双入对，谈起了恋爱。

韩宝军是个实性子，跟纪蓉蓉好了以后，就把自己微薄的薪水全都花在纪蓉蓉身上。今天给她买件衣服，明天送她一双鞋。她爱吃糖炒栗子，他就隔三岔五买一包。她爱看《知音》《家庭》，他就每期订阅。看她高兴，他特别开心。逢休息日，他把纪蓉蓉带回家。

父子俩已经不住五平方米的储藏室了，他们换了好地方。还是平房，却是套间。外面厨房，里面卧室。厨房灶台上放着电磁炉，摆着电饭锅。卧室里有从旧货市场淘来的沙发、电视、大衣柜。

每次韩宝军带纪蓉蓉回家，父亲都特别高兴，提前去市场买菜、割肉、打散装白酒。三个人围着桌子一起吃饭，纪蓉蓉仰着脖子叽叽喳喳问这问那，像只不停嘴的花喜鹊。父亲的脸乐得仿佛绽放的老绣球，频频说，这才像个家，这才像个家，家里必得有个女人，才更像个家。父子俩相依为命的生活，着实太冷清了。

韩宝军与纪蓉蓉处了几年对象，期间，纪蓉蓉怀过孩子。两人考虑到不具备结婚条件，把孩子打掉了。两个年轻人是真心相爱，只是谈到结婚，都没有底气。父亲催着韩宝军结婚，可是，拿什么结？纪蓉蓉家在农村，爹妈听说了韩宝军家的条件，首先就不同意。要娶也行，先买套房子。哟，这不是开国际玩笑嘛，虽说父亲这些年省吃俭用也积攒了些钱，但要说买房子，那就好比摘天上的月亮，想都别想。婚事就这么磕绊住了。韩宝军到底年轻，不懂计划，今朝有酒今朝醉，他还以为日子可以永远这么过下去。直到忽然有一天，纪蓉蓉提出分手，韩宝军傻了眼。

纪蓉蓉找到不错的下家，就把韩宝军这个不甚满意的上家辞了。新对象是城郊农民，家里有幢现成小楼，楼下开着杂货铺。按说，也不是富贵人家，模样还不起眼，年纪轻轻头发就掉没了。可纪蓉蓉宁可选择这个人，也不愿和韩宝军有今天没明天地混下去。也不能怪纪蓉蓉，感情是一回事，现实又是另一回事。女孩子年龄稍长，就变得理智实际。韩宝军不是那种死乞白赖不放手的，心里难受得五脏六腑都搅碎了，也没硬缠着人家，说散就散了。

分手时，纪蓉蓉说，是我对不起你，我辜负了你，希望你以后能找到更好的。韩宝军强忍眼里的泪，转过头，分就分吧，别说那些扯淡的话。

爱情到底是什么？韩宝军想来想去不明白。他觉得爱情就是一个骗局，事先设好套，让你往里钻。等你钻进去了，卡住了，难受了，你才知道自己上当了。

回家以后，韩宝军闷头在床上躺了两天，水米未进。父亲看着伤心的儿子，深感命运弄人，父子俩竟然遭遇了同样命运，都被女人甩了。父亲恨恨地说，这几年，你在她身上花了多少钱，去跟她讨回来。

韩宝军瞪了父亲一眼，这种话你也说得出口。

父亲说，废话，她都不跟你好了，为什么不要回来？你工作这几年，没有往回拿一分钱，全都被她祸害了。我只当你处对象，不说你，结果呢，鸡飞蛋打一场空。

韩宝军说，她是被人挑唆的，她心里本来喜欢我。

父亲说，拉倒吧，人家都不要你了，你还当她心里有你，你个傻瓜蛋儿。

人往高处走，水往低处流，她跟别人比跟我过得好，我也没什么可说的。

你倒想得开，我看你这是窝囊，被人耍了还替人家说话，让人卖了还帮人家数钱。

你不窝囊？你不窝囊我妈怎么跟人跑了？韩宝军话未落音，父亲一记耳光扇到他脸上。

昏暗的灯光下，父子俩彻夜不眠。正是冬天，青城的冬天干冷干冷的。屋子中央燃着一个铁皮火炉，火苗像舌头一样从炉口吐出来，给这间寒冷的屋子增添了些热气。

那年冬天，韩宝军下决心辞去了餐馆的工作。他这个年龄的小伙子，混在饭店端盘子不合时宜了，他已经二十五岁了。

从前，父子俩偶尔也去大澡堂洗澡，两人互相搓背，从未留意过澡堂里的搓澡工。辞了工作的韩宝军再去洗澡，看到门口挂着牌子，招聘搓澡工，心里一动。他直接去找管事的，管事的见他身体壮实，胳膊粗，手掌厚，是把搓澡好手。尽管没有搓澡经验，仍然把他留下了。一个冬天下来，他就成了熟练的搓澡师傅。工钱每日一结，天天都能拿现钱回家。回到家，大大咧咧把钱往父亲怀里一塞。父亲便笑眯眯地戴上老花镜，蘸着唾沫一张一张数钞票。他劝父亲别蘸着唾沫数钱，有细菌。父亲才不理他，只当没听见。

曾经沧海的韩宝军不再相信爱情了，他有自知之明，像样的女人看不上他。他自己呢，心气还不低。有人给他介绍对象，不是离异丧偶拖个孩子，就是眉眼寒碜不顺眼。

几年后，纪蓉蓉找过他。两人一起吃了顿饭。结账时，纪蓉蓉抢先买了单，韩宝军也没跟她争。纪蓉蓉问，给人搓澡累不？韩宝军说，不累。纪蓉蓉说，怎么能不累呢，我也让人给我搓过澡。韩宝军笑了，干啥不累呀，除了当老板。当老板也累，想的事情多，脑子累。脑力劳动和体力劳动一样，都累。

吃完饭，韩宝军淡淡地说，没什么事，我先走了。纪蓉蓉嗔怪道，这几年，你就没有想过我？韩宝军说，你都是别人的老婆了，我想你有啥用？纪蓉蓉眼圈一红，你真没良心。韩宝军笑了，瞧你说的，咱俩究竟谁没良心？

二人从饭店出来，就近找了家旅馆。进了房间，韩宝军把纪蓉蓉身上的衣服剥洋葱一样一件一件脱下，他失望地发现这具身体已不是记忆中那么曼妙美丽。赤身裸体的纪蓉蓉腰身松弛，乳房下垂，尤其小腹一道醒目的刀口，提醒韩宝军这是个为别的男人生育过孩子的女人。他倏地兴趣索然，手里的动作停下来。纪蓉蓉茫然地看着他。他叹口气，又一件一件帮纪蓉蓉穿衣服。纪蓉蓉扑上来，搂紧他的腰，失声痛哭。他顿住了，心里像有根锥子刺了一下，麻嗖嗖地疼。他硬着心肠，掰开她的手，头也不回地离开了。

自那以后，韩宝军再也没见过纪蓉蓉。经过那场尴尬的会面，他把过去的感情全都放下了。这样才好，拿得起，放得下，像个男人。他对自己很满意。

大澡堂规定，晚上十点下班。冬天，通常到了八点半，客人就几乎没有了。男澡堂有四个搓澡工，隔天休息，两两轮班，周末四个齐上阵。今天不是周末，韩宝军与同班工友约定，一个捱到点下班，一个提前走。客人少时，不用两个人都耗着。今天轮到韩宝军到点下班，没客人，也得守着。"几乎没有"不等于"完全没有"，万一有人洗澡，想搓澡，找不到人，难免不高兴。客人都是爷，不高兴就会有意见。意见传到老板耳朵里，老板就会不高兴。老板不高兴，他们的脸上就不好看。

韩宝军躺在休息室床上，数着盒子里的塑料片，共有21枚。算下来，今天挣了85元。等会儿把塑料片交到前台，兑换成现钱。就在这时，手机响了，邻居老刘打来的。这么晚了，老刘为什么给他打电话？他慌忙接起，老刘在电话里喊道，宝军，快点回来，你爸出事了，刚才晕倒了，不省人事。韩宝军吓了一跳，急忙跳下床，一边穿鞋，一边说，我马上回去。老刘说，怕误事，已经打了120。

韩宝军啥也顾不上了，穿上衣服，趿拉上鞋子，袜子也没穿，一路跑出大澡堂。

父亲这几年除了腿脚不利索，没发现其他病症，怎么会忽然晕倒呢？老刘电话又追过来，让韩宝军直接去医院。老刘还说，120让交三百元出车费，他给垫上了。韩宝军连声道谢，答应回去之后还给他。老刘是卖炒货的，平时把钱看得重，关键时候挺仗义。挣钱不易的人，都把钱看得重。花钱眼都不眨的，都是来钱容易的。韩宝军也是个看重钱的，三百元，他很快在脑子里换算成了六十个光着身子的客人。这时，他才想起，刚才走得急，塑料片忘了收。连忙打电话给澡堂前台，嘱咐工作人员帮他收好塑料片。强调说，共有二十一枚，且帮我收着。

到了医院，韩宝军先给父亲办理住院手续，押金需交三千。他身上没那么多钱，平时钱都交给父亲保管。急诊室打上吊针，父亲悠悠醒转。韩宝军赶紧问，爸，咱家存折在哪儿，医院让交押金。

父亲挣扎着要坐起来，我没事，我能有什么事，住什么医院，一会儿就回家。他嘴里嚷嚷，身体却使不上劲儿，仍旧无望地瘫在床上。韩宝军不悦地说，爸，别闹了，有病治病，没病能把你往这儿送？

父亲问，押金要多少？

韩宝军说，三千。

这么贵，咱别交了，你信你爸话，我没事，真没事。

韩宝军生气了，钱是我挣的，我现在要拿出来用，你到底放哪儿了？难道还不让我知道？

父亲被他一数落，乖乖的，不出声了。他活动自己手，指了指身上的裤子。

韩宝军顺着父亲的手摸到裤兜，摸出一串钥匙。父亲说，床底下有只铁皮柜，这是钥匙，里面有张存折。是定期，取了就丢利息了，你要听我的，就别取。输完液，咱就回家。

韩宝军没好气地说，钱重要还是命重要。

父亲说，你个傻瓜蛋儿，当然是钱重要。

旁边护士"扑哧"笑了，您这老先生说话有意思，命都没了，要钱有啥用。

父亲说，怎么没用，钱留给儿子花嘛。

韩宝军鼻子一酸，眼泪差点掉出来。

韩宝军问医生父亲是什么病？医生说，要经过详细检查才能得出结果，初步诊断是心脏病。

第二天，韩宝军拿上父子俩的身份证去银行取钱，存折加密，韩宝军忘记问父亲密码的事，他试着把自己生日数字挨个输进去，密码果然吻合。他心里暗暗得意了一下，觉得自己挺聪明。取了钱，交了押金，回到病房。父亲一再追问，提前支取少了多少利息？韩宝军说，我哪儿知道，我又不是银行的。父亲抱怨他，怎么不问问？韩宝军说，反正都取了，心疼也没用，何必问呢。

父亲唉声叹气，咱存钱就指望在银行生小钱，不到期取出来，可惜了。

韩宝军说，只要治好你的病，就不可惜。

父亲嘴硬，我哪有什么病，我身体好着呢，别听医生吓唬人。

韩宝军不理他，由着他发牢骚。

进了医院，凡事只能听医生，就像小学生听老师话。医生让验血就验血，医生说验尿就验尿。做了心电图，又照彩超。父亲不住嚷嚷，这得花多少钱呐。韩宝军骗他，没几个钱，公家医院收费低。父亲说，你少哄我，老刘说，辛辛苦苦一辈子，吃不住医院一铲子。老刘去年也得了场病，做了个什么手术，医院住了二十天，半辈积蓄掏了个大窟窿。出院后说好好保养身体，再不敢去医院扔钱了。韩宝军说，治病咋是扔钱呢？不扔钱能治病吗？父亲委屈地说，这是老刘说的，又不是我说的。

好不容易检查结果出来了，医生反倒很惊讶。韩宝军连问，怎么了？我爸病得厉害不？医生说，我从医这么多年还是第一次见到这种情况。韩宝军紧张地问，什么情况？医生说，你父亲心脏瓣膜严重病变，有多个漏洞，主动脉瓣狭窄，二尖瓣三尖瓣大量反流，必须立刻做瓣膜置换术，至少换两个，不然，随时会因心脏衰竭死亡。韩宝军被吓住了。医生接着说，我从来没有见过一个心脏坏成这样的病人，还能活到现在，真是奇迹，奇迹呀。

回到病房，父亲正剥橘子吃，边吃边夸橘子甜，还说以前买的都酸。韩宝军说，你舍不得买好的，只买便宜的，当然酸了。父亲附和，便宜果然没好货。韩宝军忧虑地看着父亲，他问，爸，你难受不？父亲说，不难受呀。韩宝军说，医生说你心脏坏得像块破布，咋能不难受呢？父亲说，少听他们胡咧咧，吓唬咱呢，我真不难受。从来没难受过？韩宝军追问。父亲眯着眼睛想了一会儿，说，有时会觉得喘不上气，还有一次上半个身子扯得疼，就像有人拿冲击钻钻我心窝。不怕你笑话，那次我以为自己要死了，赶紧爬起来给你写纸条，把咱家存款数目交代给你。

你怎么从来没告诉过我？

不是没死嘛，有什么好说的。后来活过来了，给你写的纸条扔到火炉里了。当时真以为要死了，这辈子经历的事在脑子里放电影一样过了一遍。我想得最多的是你妈，你妈是个好女人，她是中了别人的邪。女人中了邪，就不由自己了，你别怨她。

韩宝军说，我早就不记得她了，更谈不上怨她，就算路上碰见都不认识。

父亲叹了口气，说，这辈子，你不会碰到她了。

为什么？

父亲继续说，当时，我觉得自己掉进一个黑洞，伸手不见五指，身体也不疼了。我一直朝前走，渐渐地，远处有了亮光，很多人朝我走来，但谁也不和我说话。这时，我看到了你妈。我喊她名字，她认出我了，吃惊地问，你咋来了？我说，你能来我咋不能来？她就捂着脸开始哭，说对不起我，对不起孩子。

韩宝军听完父亲的话，沉默不语。

过了一会儿，韩宝军忍不住又问，我妈还说什么了？

父亲摇摇头，没了，除了哭，再没说别的。后来，你妈哭得我也难受起来，身子又觉得疼，很快疼醒了。我觉得那不是梦，我一定是去阴曹地府走了一遭。韩宝军问，除了那次，还疼过没有？父亲摇头，没，再没疼过。

韩宝军严肃地说，你这病不轻，得赶紧治。父亲问，怎么治？韩宝军说，医生说，换个什么膜。父亲问，换那个东西多少钱？韩宝军没有回答父亲的问题，而是慎重地说，爸，老实告诉我，咱家总共有多少钱？

韩宝军晚上在医院伺候父亲，白天轮到他的班，照旧去大澡堂搓澡。顾客看人下菜，瞧他没精打采，都不用他搓澡，连他手里的老顾客都宁肯排队等另一个。韩宝军也不争取，没活干，他就躲到休息室睡觉。医生说了，换两个瓣膜至少八万，还不包括后期护理费。他得搓够一万五千多个客人才能挣到八万。闭上眼睛，韩宝军仿佛看到无数个裸着身子的男人排着队朝他走来，有老的，有少的，有胖的，有瘦的，队伍绵延不绝，像一条望不到尽头的河流。那么多人，排起来会有多长呢？

父亲死活不肯告诉韩宝军家里到底存了多少钱，他一口咬定，家里存款只有一万，已经给他了，再没别的。韩宝军当然不信，光他这几年搓澡挣的钱也不止这个数。没钱，就不能手术。父亲闹着出院，韩宝军咨询医生。医生拿着片子给他看，你们要出院，我也不拦着，你父亲能活到今天已经是奇迹，作为医生，我真的希望这个内心强大的老人继续活下去。手术费是贵了点，但没贵到倾家荡产的份上，我帮你想办法把价格压到最低。

韩宝军被感动了，多好的医生。别说给人家红包，人家还想方设法为咱省钱呐，人家图什么了？父亲嗤之以鼻，算了吧，别把他想那么好，他就是想让咱花钱，咱偏偏不上当。韩宝军发火了，怒斥父亲，你就是个守财奴，你看看医院这么大，每天这么多病人，人家稀罕咱这几个钱了？留得青山在，不怕没柴烧。花掉的钱，你儿子再挣回来。父亲不听，嘴巴紧锁，打定主意扛到底。

回到家，韩宝军翻箱倒柜，犄角旮旯，逐个搜寻。终于在沙发隔层发现一个黑皮袋，里面有张三万元的定期存款单。去了医院，韩宝军取笑父亲，你简直能当特务了，藏得那么隐秘。父亲脸色灰灰的，你真找到了？韩宝军说，找到了，不过怎么只有三万？我总觉得咱家钱不止这些。父亲眉梢隐隐动了一下，这个细微的动作被韩宝军捕捉到了。他猜得没错，一定还有钱藏着呢。

韩宝军继续他的搜寻，被褥缝隙、衣柜隔板、相框夹层。他蹲在地上，把自己想成一个小孩子，上了岁数的父亲就像一个小孩子。他努力以一个小孩子的眼光找寻父亲可能藏匿存折的地方。最后，他的目光落在墙上一幅年画上，骑着金色大鲤鱼的胖娃娃乐呵呵地瞅着他。狡猾的父亲用胶带纸把存折粘在年画背面，外面遮了张白纸。这是一张六万元的存折，韩宝军松了口气，家里的钱足够手术了。

父亲彻底蔫了，脖子缩在肥大的病号服里，只露出脑袋，两只浑浊的眼睛生气地盯着儿子。

韩宝军教训父亲，别说咱的钱够做手术，就是不够，搭点外债也值当。人活一辈不容易，钱是身外之物，你怎么就想不开？

父亲的脖子从病号服里伸出来，扯着嗓子叫道，少跟我讲大道理，告诉你，这钱你取不出来，你不知道密码。

韩宝军说，密码肯定是我生日，上次那张存折你没告我密码，我不照样取出来了？

父亲狡黠一笑，你也不想想，我会那么傻？傻到用同一个密码？

你也太小看我了吧。

为了破译这两张存折密码，韩宝军殚精竭虑。既然不是他生日，会不会是父亲自己的生日，不对。会不会是自己手机号码后六位呢，还是不对。那么是手机号码前六位，仍然不对。尽管他拿着父子俩的身份证，银行还是给他亮起红灯。密码三次不符，必须叫本人亲自申请密码丢失。他火了，谎称父亲现在医院昏迷不醒，急等手术费，本人怎么亲自来？他的事情惊动了银行管理层，允许他换个柜台再试密码。这一次，他狠狠心输入自己的生日号码，奇怪，密码正确。另一张，再输自己生日号码，还是正确。我的亲爹呀！韩宝军脑门上的汗都流下来了。先是和他捉迷藏，现在又和他玩攻心术。他真是彻底服了老头了。

父亲一看韩宝军洋洋得意的样子，就知道自己的计谋失败了。他的脖子依旧缩在肥大的病号服里，头也耷拉着，像是要钻进衣服里。

晚上，韩宝军留在医院伺候父亲。旁边有张病床空着，他囫囵身躺上去休息。半夜，护士查房，推醒韩宝军问，你父亲呢？韩宝军指着父亲病床说，睡着呢。护士说，明明不在。韩宝军急忙起身掀开父亲的被子，人果然不见了，被子里只有一身病号服。他慌了，出门寻找，卫生间、水房、医生值班室，挨个看了，都没有。返回病房，查找行李，发现父亲什么东西也没带，包括他住院前穿的衣服。

韩宝军重新检索床铺，又看到了父亲手上戴的檀木珠子。那是韩宝军在澡堂捡的，不值钱。父亲却当个宝，每天戴在左手腕，须臾不离，说这是佛珠，戴着它能驱灾避邪。病号服里套着二股巾背心，病号裤里叠着三角内裤。除了父亲身体不见了，其余东西都留下了。韩宝军揣测，脱下病号服，应该换一身衣服才能出门，怎么连内裤和背心也留下了？难道光着身子走出去的？韩宝军眼前浮现出父亲光身子的情形，佝偻的背影，松垮的臀部，伶仃的双腿。他见过无数男人的光身子，对于父亲的身子，却不那么熟悉。父亲偶尔去洗澡，只肯让他搓背。每次搓完背，他试图给他全身都搓一遍时，父亲就一把推开他，嚷说不习惯别人碰他身体。他心里清楚，父亲是舍不得他多出力气。

韩宝军连夜回家，家里黑灯瞎火，寂无声息。再次返回医院，韩宝军望着床上的病号服一筹莫展。他有个荒谬的感觉，父亲不是脱下病号服的，而是缩进病号服里消失了。

父亲究竟去哪儿了？接下来的一个月，韩宝军寻遍了青城市大小街巷。他还坐火车回了一趟老家，村里人告诉他，你父亲很久没有回来过了。

那串散发着檀木香味的珠子戴在了韩宝军手上，他常常抬起手腕，把珠子贴紧自己脸颊。父亲身上的温度似乎通过这串珠子传递到了他的脸上。

父亲究竟去哪儿了？他两手空空，衣服也没穿，能去哪儿？韩宝军百思不得其解。澡堂老板催他上班，还说再不来，就雇新人顶他缺。他只好继续回来搓澡。他做了一张父亲的塑封相片，每次搓完一个客人，他就拿着相片给人家看。您见过这个人吗？哦，没见过。没关系，要是哪天见着了，您一定告我一声，一定告我一声。

除 夕 |

一

　　除夕中午，尚雪梅乘坐高铁顺利到达青城。火车站距离市区还有一段路，需转乘大巴。弟弟之前打过电话，说开车来接，被她制止了。弟弟在电话里说，青城今冬无雪，没想到快过年了，却下雪了。行李不多，雪天路滑，没必要让他专门跑一趟。他似乎也不那么急切想接她，客气几句，没再坚持。出了站，她才发现，因为下雪的缘故，大巴停发，停车场只有出租车。司机摆出"奇货可居"的架势，不打表，一百元。没别的选择，只好这样吧。

青城是尚雪梅娘家，但并不是她的故乡。她读高二时才从老家林县来到青城，考上大学就离开了。严格说起来，她在这里只生活过短短两年。她从未把它看作是自己的家，在她眼里，这就是一座陌生的城市。它的方言、气候、饮食、环境，都令她倍觉生疏。她和这座城市之间，始终隔着一段无法亲近的距离。

司机是个中年男人，说一口地道的青城方言。头发差不多掉没了，敞露着油光光的头皮。一张四四方方的国字脸，然而，却长了一双陷在眼窝深处的、西域人般的大眼睛。国字脸没话找话，问她是哪里人。她一时犹豫了，在武汉生活多年，她的普通话里带着明显的湖北腔。她不知怎么回答，是啊，她是哪里人？她不是武汉人，可她是青城人吗？也不是。她应该怎么回答？她想起故乡林县，她甚至不觉得自己是林县人。她家在两省交界处，名义上归属林县，但方言习惯更接近比邻的南山县。姥姥家就是南山县的，离得不远，却跨了省。对她来说，真正意义上的故乡或许只是太行山深处那座小村庄——跑马村。据说，跑马村的尚家是清末从安徽逃荒迁徙过来的，也就是说，她祖上是安徽人。

司机以为她没听清自己的话，再次问道，嗨，你是哪里人？她终于迟疑地说，我，我是武汉的。相比之下，她似乎愿意称自己是武汉人，也不愿称自己是青城人。青城这个地方与她皮不沾、肉不连，它

没有容纳过她的童年、少年，没有记录过她的成长。她高二后半学期
从老家转学到这里时，已经是一位十七岁的少女。考上大学后，寒暑
假经常参加学校组织的社会实践，回家待的时间很短。它对于她的意
义，就是漫长人生的一个停靠点，短促的一个点。可是，这座城市又
是与她生命紧密相连的地方，因为父母生活在这里，这里是她的娘
家。娘家是一个女人终生无法抛却的地方，代表她的出处和来历。没
有了娘家，她就是一个来历不明的女人，她必须隔几年回来一趟，以
表孝心，以尽孝道。她与父母相处，越来越像客人，说话谨慎，礼貌
周全。无论她送他们礼物，还是他们给她东西，彼此都要客气推让。
每次回娘家，她都觉得疲累交加，不只是体力上的消耗，还有精神上
的损耗。

　　司机问她，大过年的，来青城做什么？她只好说，我父母在这
儿。司机侧转头惊讶地扫了她一眼，你这是回娘家？那你就是我们
青城人嘛。她"哦"了一声，算是吧。司机说，什么算是？明明就
是嘛，难道你嫁到武汉就是武汉人了？司机替这座城市叫起屈来，
喋喋不休。女人，就算嫁到国外，嫁到天边，她的根在哪里，就是
哪里人。她不语，不想接他的话茬。司机又问，怎么一个人回来？
回娘家应该把老公和孩子都带上。用你管？她心想，她讨厌话多的
男人。然而，嘴上还得敷衍，他们很忙。老公做什么的？又来了，
有完没完？她不耐烦，想装听不到，又碍于情面。他是军人。军

人？军官吧，什么级别？我也当过兵，我当的是武警兵。路不好走，司机开得慢，前面还有一大段路程呢。尚雪梅苦恼地想，这家伙若是问起来没完没了，她就只得装睡了。她歪着头，闭上眼。司机不甘心地扭头看了她一眼，睡了？她不答。这么快就睡了？司机嘟囔。她继续闭着眼，仿佛真得睡着了。司机悻悻"哼"了一声，许是意识到她在装睡。

尚雪梅两年没回娘家了，再不回来就不像话了。逢年过节，她总是在网上给父母买件礼物，网络便利，看上哪样商品，下了单，付了款，卖家就按收货地址寄去商品。隔上一段时间，她给父亲打个电话，问个安。担心时间长忘记打电话，她特意在手机日期上添加备注，到了时间，手机会贴心地自动响铃，提醒她该打电话了。一切都像既定的程序，无论打电话，还是节日买礼物。她用这种方式弥补自己不常回去看他们的心理亏欠。何况，她想，他们也未必想她。父亲还好，至于母亲——她不由撇了一下嘴。她笃定母亲并不想念她，就像她也从不想念她一样。母亲甚至不想见到她，就像她也不想见到母亲一样。她和母亲之间，隐藏着太多的、欲说还休的过往。如果不是因为家里还有父亲，别说两年，她可能三年、五年都不回来。但是，无论怎样，牵挂父亲的同时，她依然会牵挂母亲。她想，她是爱母亲的，这个无法否定。既然她爱母亲，母亲一定也爱她。她迷信人与人之间的气场，如果你讨厌一个人，对方就能感觉得到。反之，你喜欢一个人，对方也能感觉得到。她爱母亲，母亲就一定也爱她，这是母女间的天然纽带。但是，她不想见母亲，由此及彼，母亲肯定也不想见她。她们的关系，就像一道难解的数学题，复杂、深奥，没有答案。

以前，尚雪梅回娘家，只要豆豆在国内，她总会带豆豆一起回去。今年，本来也预备这样。可是，这丫头，先斩后奏，年前组团参加赴日旅游。时间冲突，没办法，sorry，妈妈。豆豆在电话里致歉。

豆豆是个小海归，大学毕业去国外读研，接着读博，回国后应聘去了一所高校任教，交了新男友。这次旅行就是和男友一起去。旧男友留在国外不回来了。尚雪梅不太懂女儿这一代人，一段恋情说抛就抛了，旧爱与新欢之间，一点时间差都没有。旧的未去，新的就来了。女儿大了不由娘，不把她这个当妈的话放在心上。虽然她早早就告诉过她，春节一起回青城，豆豆还是自作主张去旅行了。豆豆不喜欢青城，说她皮肤不适应那里的气候。她同外公外婆也没多少感情，自小不在一处，聚少离多，他们在她眼里几乎和陌生人差不多。尚雪梅只得对父母谎称豆豆有公事，父亲在电话里轻轻叹了口气，这口气让她心里揪了一下。她知道父亲失望了，父亲想念这个唯一的外孙女。

出租车终于驶进市区，尚雪梅伸了个懒腰，佯作刚刚醒来。司机说，睡得香了啊，困了吧。她含糊地答，嗯，困了。司机倒是没再多话，而是说，一百元只负责从火车站送进市区，如果再到目的地，需加十元。青城出租车起步价只有八元，父母居住的小区离这儿不远。她很恼火，隔窗看外面，雪还在下，路面积了厚厚一层。她只好说，加就加吧。下车时，付了车钱，她狠狠关上车门，像是朝那个大眼睛的家伙抢了一拳。

楼前几个小孩子在欢天喜地地打雪仗，单元对讲门大开，有人搬东西。尚家住四层，尚雪梅直接上楼，敲门。母亲给她开了门，母亲说，正给你热饭呢，约莫你快到了。已经过了午饭时间，他们吃过了。母亲态度淡淡的，一点不像面对两年未见的女儿。尚雪梅同样淡淡地说，我不饿，车上吃了泡面。母亲说，光吃那个怎么行。

放下行李，脱掉大衣，尚雪梅才发现，家里一点过年的气氛都没有。与外面相比，整个家似乎陷在一个沉闷的漩涡里，让人喘不过气。父亲躺在客厅沙发上，身上盖着一条玫红色珊瑚绒毛毯。这明丽的颜色没能改善屋子的氛围，反而映衬着周遭的黯淡。父亲起身，招呼她坐，问她路上好走不好走。她说，还好，出租车很多。她上前握住父亲的手，凉冰冰的，温度竟然不如她这个刚从室外进来的人。再看父亲的脸，像缩成一团的核桃，蜡黄、干枯。两年不见，父亲愈加苍老了。她有些心疼，更紧地握了握父亲的手。

母亲端出热好的饭菜。父亲说，你赶紧吃饭吧。她窥到母亲脸色不对，有气无力，转身时还偷偷抹眼泪。奇怪，这是怎么回事？不对劲，家里是不是出事了？她的脑子像被重物击中了，一阵空洞的肿痛。她忽然意识到了什么，倏地转回头，这才看到沙发后面，竖着一根输液的架子，角落排列着许多输完液的空瓶子。再看眼前的父亲，全然是沉疴缠身之相。她伸进毯子，拉出父亲另一只手，手背贴着胶布，显然刚打过吊针。她脱口问道，爸，你生病了？什么病？父亲摇摇头，冲她笑，没事，没事，你快吃饭吧。到底怎么了？她声音大起来，想问母亲。母亲不看她，径直去了厨房。她追在后面，跟进厨房。

母亲靠在炉灶前，头也不回地说，你爸病了，很严重。什么？她不由喊道，什么病？母亲苦着脸说，不好的病，医生说，剩下时间不多了。什么？尚雪梅吃惊地张大嘴，呆立着，像根直挺挺的棍子。这个意外的消息把她打蒙了，她难以置信。怎么可能？她喃喃自语。母亲继续说，本来想做手术，问了个知根底的医生，人家不建议做，说做了也没什么效果。什么时候的事？为什么不早点告诉我？她忍不住发作了，气势汹汹地，语气激动，仿佛母亲蓄意隐瞒她。母亲没好气地说，告诉你有什么用？告诉你就不病了？你又不是医生，就算你是医生，你能治好他的病？可是，为什么不告诉我？她仍旧追问，语气弱下来，眼泪慢慢涌上来，脑子渐渐清晰了。你爸不让告诉你，再说，告诉你有什么用？你要真孝顺，还会嫁那么远吗？母亲对她的远嫁耿耿于怀，她认为她是故意的，故意跑那么远。母亲至少猜对了一半。她双手掩面，哭出声来。母亲说，别这样，你爸看到会更难受，让他舒坦点吧。

尚雪梅吃不下饭，哪里还有胃口？热好的饭菜原封不动端回厨房。她拉着父亲的手，不住地问，哪里不舒服？哪里难受？手这么凉，回卧室躺着吧。父亲说他白天不想待在卧室，就想躺在客厅，客厅宽敞。父亲反过来劝她，别难过，不就是个病嘛，谁不得病呀。她埋怨，怎么不早点告诉我？父亲说，上个月才查出来，那阵你就说要回来，反正你也要回来，告诉你也是干着急。想着你回来，有个盼头，一时半会儿死不了呢。父亲夸张地笑了起来，声音在空寂的客厅，像舞台剧中的表演。

二

门铃响的时候，尚雪梅正在削一只鸭梨。她削得很慢，水果刀钝了，不太好使。父亲闭着眼睛，似乎睡着了。母亲在厨房准备年夜饭，烹饪食物的香味不时飘到客厅。父亲虽然病了，年夜饭还是要吃的。

透过门镜，尚雪梅看到弟弟的眼睛。那双熟悉的淡黄色眼睛，像透明的琥珀。她的心跳骤然加快了，握着门把的手微微颤抖。门开了，弟弟进来，裹挟进一股寒气。她探出头，疑惑地问，怎么就你一个人？棋棋和他妈妈呢？棋棋是弟弟儿子。弟弟说，我从单位直接来的，他们从家里出发，可能晚一点儿。

尚雪梅望着弟弟，弟弟也在看着她。他的鬓角隐约有白发，可不是嘛，曾经年少的弟弟，如今也四十多岁了。她叹口气，弟弟都这般年纪了，自己更老了，她比弟弟年长九岁呢。

窗外，雪花纷纷扬扬，似柳絮飞舞。尚雪梅想起一句诗：飞雪带春风，徘徊乱绕空。明天就是春节，这场雪等于是一场春雪。她熟谙不少雪的诗句，许是因为自己名字带了个"雪"字。父亲酷爱古典诗词，记得有一年春节，父亲还乡，牵着她的手，去村里学校给老师拜年。跑马村只有一个老师，姓段，段老师既是校长也是先生，家就在学校。校园墙角种着一株腊梅，那年梅花开得早。父亲抱起她，吟诵两句诗：梅须逊雪三分白，雪却输梅一段香。那株梅花开得妖娆，鹅黄色的花朵密匝匝缀在枝头，白雪覆盖着花瓣，像是要把花枝压弯了。父亲问她，梅花香不香？她使劲嗅嗅鼻子，大声说，香，真香。父亲笑道，记住，这就是你的名字，雪梅，雪中之梅。那时，她还是个奶声奶气的小姑娘，而父亲，挺拔结实，风华正茂。她黯然，回不去了，四十多年就这样悄没声息不见了，像阳光融化了的雪一样不见了。往事如同一摞厚厚的黑白相片，一张一张散落在她眼前。她的眼睛湿润了，鼻子发酸，眼泪再度涌上来。

弟弟解释，本想接你，偏赶上这种天气。她打断他的话，接什么接，我又不是找不到路。她不由自主盯着弟弟的眼睛，曾经清澈的琥珀色眼睛，也显混沌了。

父亲仍旧半睡半醒，她把削好的梨切成小块，用牙签叉了递到父亲嘴边。爸？她叫道。父亲嘴巴动了动，却没有张开，而是把头歪到另一侧。她呆呆举着梨，难道父亲连一块梨也吃不下了？悲伤再次像潮水一样袭来，吞没她的情绪。

弟弟过来坐下，顺手捏起梨吃，"咔嚓咔嚓"的咀嚼声清脆有力。这声响令尚雪梅不悦，她正陷在悲伤的情绪中呢。弟弟吃完梨，又从茶几上拿起报纸看，报纸翻动发出"嚓啦嚓啦"的声音，格外刺耳。她再次感到厌烦，瞥了他一眼。他似乎觉察到了，少顷，放下报纸，起身去了厨房。她听到弟弟问母亲，对联放哪儿了？母亲说，茶几下面。她弯腰从茶几下面找出对联，讨好地递给弟弟，她想弥补刚才对他的——冷眼。没想到，弟弟不看她，目光只落在对联上。她哑然，他究竟不是一个小孩子了。

弟弟从小就怕她，她对他的态度，不太像姐姐，简直比父母还严厉。她对弟弟的感情掺杂着很多东西，爱和憎如影相随。每次当她对他产生姐姐的温情和怜爱时，另一种憎和厌就呼啦涌上来，遮盖了她对他的爱。她刁难他，欺负他，无视他可怜巴巴跟在身后唤姐姐。平静下来后，她又对自己的行为满怀内疚，她总是在他睡着的时候才对他好。他睡着的时候，真漂亮，眼睫毛密密垂下来。她摸他脸蛋，吻他面颊，把白天从他手里抢夺的零食玩具放回他的枕边。她恼恨地想，他若是永远睡着该多好，她就不会看到他的眼睛了。谁让他长着那样一双眼睛呢？淡黄色眼睛，令她惧怕与嫌恶的眼睛。有一次，趁他熟睡，她无法控制地伸手掐他脖颈。她不知道自己想干什么，她就是不想让他醒过来，想让他永远沉睡下去，永远不要睁开眼睛。然而，很快，她就害怕了。他小小的身体开始挣扎，喉咙里发出痛苦的呜呜声。她松开手，逃也似的跑出家门，跑到屋后面的桃树林。她独自爬到树上，坐在树杈里，直到天黑。那年，她十岁，弟弟一岁，还是个幼小的婴儿。

尚雪梅的童年、少年都是在跑马村度过的。村里没有水，吃水是一件艰难的事，挑水要走几里山路。父亲在青城当工人，每年只在春节或农忙时才回来。母亲一个人挣工分，妇女是半劳力，工分挣不够，年底分粮，总是欠村里钱。然而，好多女人羡慕母亲，羡慕她嫁的是工人，有工资。挣不够工分怕什么，手里有活钱。这倒是真的，母亲用的雪花膏，母亲穿的衣裤，总比别的妇人强些。就连尚雪梅的尼龙袜，在跑马村都引起过轰动，村里人纷纷涌到她家看尼龙袜。尼龙袜是父亲在城里买的，传说中的尼龙袜穿不破。村里人只是听说，没见过。

尚家人丁不旺，在村里是单薄的一支。尚雪梅爷爷很早就过世了，奶奶在她出生不久后也离开人世。父亲有一位兄长，十几岁时与娘亲怄气，据说端午节偷吃了预备包粽子的几枚红枣，挨了顿打，一时气不过，偷偷跟着路过这里的队伍走了，从此再没回来。奶奶一口咬定儿子是跟解放军走的，可拿不出证据，连军属也排不上。尚雪梅揣测大伯参加的是国民党的军队，内战时，附近打过几场恶仗。不过，那只是她一厢情愿的揣测。大伯究竟去了哪里，谁也不知道。她曾经幻想，没准哪天大伯就衣锦还乡了，像电视里演的台湾老兵一样。然而，没有，黄鹤一去杳无音，大伯肯定不在人世了。

父亲还有一个姐姐，嫁在别村。不幸的是，也死了，婚后难产。孩子倒是活了下来，尚雪梅称他表兄。表兄比她大几岁，逢过年，就会挎着几个杂面馍馍上门拜年。母亲不太喜欢他，因为要留他吃饭，还要给他压岁钱。他饭量实在大，一盆饺子都不够吃。压岁钱也不能给少，谁让他舅舅在城里当工人呢。给少了，外人说闲话。那位早逝的姑姑，据说是个美人，村里人夸她皮肤白得就像棉花一样。母亲说，好看的女人命孬，都说侄女像姑，幸亏你不像她。她听了很生气，她的脸也白，没棉花那么白，可比村里其他小姑娘都白。母亲打击她，光白有什么用，你没人家好看，你眼睛小。这倒是真的，她眼睛细得如同两条线，被人称作老鼠眼。说也奇怪，读中学的时候，她的眼睛忽然像豁了道口似的变大了。换到现在，一定有人疑心她做了双眼皮手术。天地良心，她自己也不清楚，眼睛怎么好端端变大了？村里人说，她长得越来越像死去的姑姑。

幼时，尚雪梅和父亲有点"隔"，这种隔不是情感上的隔，而是间隔太远，见面次数太少造成的"隔"。譬如，更小的时候，她记不清父亲长相，每次见到父亲，她都感觉和上一次见到的那个人不一样。

有一年父亲回来，她正在村口玩耍。父亲戴着一顶草帽，远远走过来，冲她笑，伸出双手要抱她。她吓得尖叫一声，转身就跑，以为是坏人。天黑了，玩够了，回到家，惊讶地发现戴草帽的男人端坐在炕上。母亲责怪她，疯闺女，你爸回来了，也不知道早点回家。她犹疑地看着父亲，父亲再次伸出手，来，雪梅，我是爸爸，不认得爸爸了？怎么见了我就跑呢？我给你带了好多好吃的呢，快过来。她忸忸怩怩走过去，父亲把她揽到怀里，另一只手拉开手提包，花花绿绿的糖果、核桃，还有花生、饼干、烧饼，齐刷刷冒出来。她看得眼花缭乱，心花怒放，嘴角浸出口水。父亲抱她到膝上，拿起一块糖，剥掉糖纸，塞到她嘴里。父亲亲她的脸蛋，胡茬扎得她生疼。她心里却甜滋滋的，比嘴里的糖还甜。等到和父亲混熟了，父亲就把她扛在肩上，抛在空中，架起她的胳膊转圆圈。她感觉自己像鸟一样飞起来，开心得不得了。然而，好景不长，每次当她和父亲建立起融洽的父女关系时，父亲就要走了。得知父亲要离开，她便费尽心机藏他的手提包，藏他的外衣，藏他的手表，她天真地以为这样他就走不了了。最过分的一次是她把他的皮鞋扔到茅厕，虽然只扔了一只。母亲动手打了她，父亲竟然也不劝阻，还在一旁帮腔，这孩子确实不像话。父亲狼狈地用竹竿把臭气熏天的皮鞋捞上来，用清水冲洗了好几遍。母亲一边骂她，一边埋怨父亲，都是你惯的，你不在的时候她哪里敢这样？不要再洗你那只臭鞋了，水缸里的水都被你用光了。是啊，水是多么珍贵的东西。父亲听了母亲的抱怨，操起墙角扁担，拎起两只水桶，挑水去了。她紧走几步想跟着父亲去挑水，父亲在家挑水时总是带着她。到了井边，打上一桶水奢侈地给她洗脸洗手洗脚丫。井水是山里淌出来的温泉，冷天也冒着腾腾热气。这一次，父亲动怒了，不带她了。父亲呵斥她，别跟着我。父亲独自挑着水桶走远了，她站在院中号啕大哭。母亲也不睬她，母亲要做的事太多了，院里堆满自留地收回来的庄稼，她要搓玉米、剥豆子、晒蓖麻。母亲晚上临睡前经常唠叨一句话，哎哟，我的腰都快断了。小小年纪的她听了很恐惧，腰断了会怎样？变成两截吗？母亲故意吓唬她，是啊，变成两截。

母亲被她的哭声激怒了，失去耐心，把她推进堆放杂物的柴房。昏暗的柴房内，一束光从窗棂缝隙漏进来，灰尘在光线里飞舞。她扑过去把它们打散，它们很快又聚拢在一起。她同它们玩起了游戏，渐渐忘记哭泣。

次日一早，父亲便走了。她佯装熟睡，没睁眼。父亲贴着她的脸蛋亲了几口，胡茬再次扎得她生疼。她强忍着，不出声。父亲又掀开被子摸了摸她的胳膊，不是摸，是捏。母亲在一旁催促，不早了，快走吧，小心赶不上车。父亲终于走了，拎着手提包，戴着草帽，如同回来时一样。他还要徒步走很长的山路，才能到镇上，长途车在那儿停靠一站。

　　跑马村妇人们的肚皮就像比赛似的，这个刚刚鼓起来，那个又鼓起来了，家家都有一堆小孩子。尚雪梅的玩伴儿都有弟弟或妹妹，那些肉乎乎的小家伙长着绵软的屁股，摸上去舒服极了。母亲为何不给自己生个弟弟或妹妹呢？每到吃饭时，她便劝母亲，多吃点多吃点，多吃点肚子就大了，就能生个娃娃让我耍了。母亲说，再生一个你就得看孩子。我愿意。她乐呵呵保证。母亲说，这可是你说的，别到时候嫌麻烦。她说，才不会呢。没多久，母亲就说她的肚子里有了娃娃，再过一阵就鼓起来了。真的吗？她眼巴巴盼着母亲肚子鼓起来，生个绵软的娃娃让她玩。然而，还没等肚子鼓起来呢，挑水的路上滑了一跤，娃娃没了。

　　长大后，尚雪梅才知道，在她和弟弟之间，母亲怀孕过两次，两个都不幸流产了。更早那个发生在她两岁时。如果那两个孩子活下来，兴许就不会有现在这个弟弟了。她不止一次这样猜想，但这个世界没有如果，一切假设都是虚妄。

三

　　尚雪梅嫁的是个军人，姓郝，名叫郝东升。她的婚姻说起来挺浪漫，七十年代的女中学生流行给部队军人写信，她写的一封信正好落在郝东升手里。郝东升来信说他刚考上军校，正要去报到，再迟几天，这封信就到不了他手里。两个人把这看作是冥冥之中的缘分，结为笔友，互诉衷肠。那个年代的笔友有点像现在的网恋，但又不完全一样，他们更看重精神层面的东西。网友会见光死，他们不会。尚雪梅考上大学后，俩人明确了恋爱关系。郝东升不止一次去学校看她，每次去都穿着笔挺的军装，惹得女同学羡慕不已。郝东升后来去了武汉军区，尚雪梅大学毕业便跟着去了武汉。婚后，郝东升陪她回娘家的次数屈指可数，他是军人，越到年节越忙碌。有了孩子以后，连她自己也很少回去。隔山隔水，南北两地，只有春节偶尔回去一趟。

女儿考上大学第一年，尚雪梅与郝东升就离婚了。郝东升从部队转业后，停薪留职开了家小公司，没多久就和女职员发展婚外情。对方是大龄剩女，年过三十五而未婚。要命的是，那女人怀孕了。高龄孕妇嘛，担心以后不容易怀孕，执意生下孩子。思想很新潮，扬言做单身妈妈。郝东升本不想离婚，男人嘛，偷情归偷情，没想真的另起炉灶。他请求尚雪梅原谅。孩子怎么办？尚雪梅问。郝东升说，她非要生我也没办法，大不了每月给她抚养费。哪有这样的事？一夫二妻，家外有家？她愤怒极了，难道我就这么好欺负？手里端着一杯热咖啡照直泼到郝东升脸上。她很遗憾，咖啡不够热，没把那个厚脸皮的家伙烫掉一层皮。

尚雪梅没把离婚的事告诉父母，隔这么远，他们知道不了，没必要给他们添烦恼。她和郝东升约定，逢年过节，他要亲自给青城的岳父母打电话问候。郝东升自觉有愧，这方面表现卖力，有时还超出她的预期。有一次，竟然网购羊绒衫给前岳母，不清楚收货地址，打电话问尚雪梅。尚雪梅有些意外，问他为何想起买羊绒衫？他倒坦白，说过几天是母亲节，他妻子给双方母亲各买了羊绒衫。他觉得不错，就让她多拍一件。尚雪梅诧异，这女人也忒贤惠了吧？或许商家优惠，买二送一？

客厅电话响了，尚雪梅感觉这个电话是郝东升打来的拜年电话。他大概不知道前妻今年回娘家过年，她没告过他。她担心郝东升说漏嘴，急忙起身去接，没想到，弟弟抢先接了。果然是郝东升，弟弟张口叫姐夫。咳，他哪里知道，这个人早就不是姐夫了。她奔过去抢话筒，我来接，我来接。弟弟把话筒给她。郝东升问她，路上顺利吗？她顿了一下，回头看弟弟不知忙什么去了，父亲还在昏睡。她小声责备，你怎么知道我回来？郝东升说，豆豆告诉我的呀。哦，她恍然。她忘记女儿了，女儿和郝东升的关系，比和她这个母亲更亲密。小时候，女儿是她的跟屁虫，晚上睡觉都腻着她。没想到长大了，更依赖父亲。也许是因为——郝东升比她有钱，出国留学的钱都是郝东升给的。这么想未免寒心，可这是事实。

郝东升现在的婚姻也烦恼重重，豆豆说，继母一心想出国，还想把孩子也带到国外。郝东升不想走，他都那么大岁数了，英语只认识二十六个字母，去一个陌生国度，等于自戴镣铐。两人因为这个经常争吵，她听了幸灾乐祸，活该。

豆豆试探过她，如果我爸自由了，你能原谅他吗？她冷笑，别人不要他了，我再当宝贝捡回来，我是收破烂的吗？算了，她可不是大度的人。她最讨厌的成语就是破镜重圆，破镜怎会重圆？小时候，家里一面镜子不小心掉在地上，碎成两块。母亲舍不得丢掉，就用胶布粘合起来。白色胶布沿着裂缝粘了一道，要多难看有多难看。

放下电话，尚雪梅看了一眼昏睡中的父亲。蜷缩在沙发上的父亲如同一张皱皱巴巴的枯干叶片，仿佛一捏就碎了。那个曾把她扛在肩头，抛到空中，引逗得她咯咯大笑的父亲，如今，一点力气也没有了。联想到自己破碎虚假的婚姻，孤家寡人的境遇，尚雪梅情绪低落。幸好父亲蒙在鼓里，她暗自庆幸。

弟弟过来问她，姐夫知道咱爸的病吗？她蓦地回过神，刚才电话里忘说了。父亲生病是大事，这么大的事，她一个人扛不住，她一个人演不了两个人的双簧。得让郝东升来一趟青城，不能一个人来，要带豆豆一起来。可是那丫头——那丫头初七才能结束旅行。她忧虑地看着父亲，谁知道父亲能挨多久？这念头令她心惊，呸，怎么会这么想？她恼火地咬着嘴唇，为自己这个不祥的念头惴惴不安。

弟弟忙前忙后，把一串彩灯绕成 M 形挂在阳台，彩灯一闪一闪亮起来，屋子里顿时有了节日的喜气。接着，弟妹带着棋棋也到了。父亲听到棋棋来，高兴地坐起来，满面笑容，掏出早就准备好的红包给孙子。父亲的举动令尚雪梅不舒服，孙子仿佛他的心头肉。他慈祥地看着棋棋，像看着一件百看不厌的珍宝。久违的妒意涌上来，这种感觉好熟悉啊，尚雪梅的心沉了下去。

自从有了弟弟，父亲对她的宠爱就转移到弟弟身上。每次从城里回来，无论带多少好吃的、好玩的，都先紧着弟弟。他给他买漂亮的海军服、大檐帽、水枪、皮球。他把他扛到肩膀上，夹在胳肢窝，吊在脖子上，引逗得他笑个不停。他带他去镇上赶集，由着他的性子，给他买各种各样的吃食。她被冷落了，当然，也不能说是冷落。她长大了，不再是娃娃，个头蹿得扁担一样高，父亲不能再像她小时候一样抱她、搂她、亲她了。父亲待她还是好的，依旧给她买城里时兴的花布，裁剪成样式好看的衣裳。十三岁那年，父亲给她称了二斤毛线，托人织成漂亮毛衣，惹得同龄姑娘们分外眼红。然而，究竟不同了。无论父亲，还是母亲，相比之下，他们更溺爱弟弟。乡里人家差不多都是这样，重男轻女嘛，有儿子的总是疼儿子多过女儿，她没什么好抱怨。真正让她如鲠在喉的，另有原因。

看到父亲给了棋棋压岁钱，尚雪梅也掏出红包给他。棋棋接过道谢，她摸了摸棋棋的头发，棋棋的头发软软的，黄黄的。她盯着棋棋的眼睛看了一会儿，棋棋眼睛和弟弟不一样，不是淡黄色，而是深褐色。棋棋被她看得不自然，寻了个借口回屋玩平板电脑去了。

弟媳去厨房帮忙张罗晚饭，弟弟也回屋了。父亲又觉不舒服，吃了几片药，再度躺下。尚雪梅一会儿看看父亲，一会儿发呆。她像个客人，是的，在这个家里，她就是客人。手机收到几条短信，同事朋友祝贺新年，此外还有豆豆和郝东升的。豆豆嘴甜，这点像她父亲，肉麻的话张口即来。不像她，让她说一句肉麻话，简直像杀了她。

豆豆短信说，亲爱的老妈，我永远爱你，代我向姥姥姥爷拜年，别忘了要红包哦。死丫头，三十岁的人了，还惦记压岁钱。她哪里知道姥爷都病成这样了，想到这儿，她又忍不住抹眼泪。郝东升短信只有几个字，新春快乐，万事如意。大概群发的，把她也捎上了。

她给郝东升回短信，短短一行：我父病重，速带豆豆来青城，拜托！！！她一连用了三个惊叹号，意欲引起他重视。她给豆豆也回了短信：姥爷病重，速同你爸来青城！！！同样用了三个惊叹号。

夜幕降临，鞭炮声愈加密集。饭菜终于上桌，母亲别出心裁煮了一锅羊肉揪片汤，连汤带饭都有了，饭里撒了一层碧绿的香菜叶，绿莹莹的。除夕应该吃饺子，因为父亲的病，母亲没心思，连饺子馅也没准备。除了羊肉揪片汤，还烧煮了几个热菜，拌了凉菜，端到桌上，也是琳琅满目，很丰盛的样子。

父亲再度昏昏欲睡，尚雪梅征询母亲意见，叫爸一起吃吧？母亲摇摇头，睡着了就让他睡吧，醒了也吃不了几口，你们快点吃，汤要趁热喝。尚雪梅没听母亲的，她蹲下身子，柔声对父亲说，爸，吃饭了。半睡半醒的父亲睁开眼，冲她笑了笑，你们先吃吧。尚雪梅说，我喂你喝点热汤。说着，便舀了一碗揪片汤，端在手里，拿小勺，像喂婴孩一样，舀一勺，凑到嘴边吹几口，再缓缓喂进父亲嘴里。母亲和弟弟一家围坐在桌边吃饭，尚雪梅能感觉到母亲的目光一直看着她，是那种意味深长的目光。父亲只吃了两口，便声称不吃了。尚雪梅不高兴了，再吃点嘛。话里露出撒娇的语气。五十多岁的女儿向年迈的老父撒娇，这久违的场景令父亲动容，他接连吃了小半碗。

尚雪梅和母亲不像一般的母女关系，和弟弟也不像一般的姐弟关系，唯独和父亲在一起，才会情不自禁露出小女儿的姿态。喂完父亲，尚雪梅坐回桌边吃饭。羊肉揪片汤果然特别，热辣鲜香。母亲不住给她挟菜，她客气地推让着。父亲忽然呕吐起来，她慌忙放下碗，赶紧跑过去。刚才吃的小半碗全吐了，里面夹杂着触目惊心的鲜血。她一边收拾，一边哭出声。爸，爸，你这是怎么了呀。弟弟和弟媳也跑来帮忙，屋里气氛陡然降至冰点。

尚雪梅跪在地上擦地板，父亲重新躺下，反过来安慰她。这几天一直这样，你头回见，吓着了。尚雪梅手里拿着抹布，俯到父亲枕边，小声啜泣，边哭边自责。都怨我，不该硬喂你吃饭，爸，对不起，都是我不好。说着，说着，索性放声大哭。弟弟和弟媳在一旁不知所措。棋棋早早吃罢饭，躲回房间。母亲面对满桌饭菜，长吁短叹。

　　尚雪梅哭着说，爸，我对不起你，小时候我们不在一起住，长大了，好不容易搬到一起了，我又跑了那么远，把你丢在这里。我是个不孝的女儿，你骂我吧。父亲一只手握着她的手，另一只手抚摸她的头发。她头发是漂染过的，栗子色，微卷。她的头发早白了，离婚那年就全白了。父亲说，这怎么能怪你呢？要怪就得怪爸爸，爸爸没本事，迁不出你们户口，在厂里又一直住集体宿舍，没法把你们接来，让你和你妈妈在老家吃了那么多苦。不，尚雪梅阻止道，办户口多难呢，怎么能怪你呢？那时候，不都是这样的嘛。父女俩相互致歉，抚慰，如暗夜里相遇的旅人，执手相握，谁也不丢开谁的手。

　　平静下来后，尚雪梅红着眼睛去洗碗。弟媳推让了两下，见她执意洗，没再客气，还贴心地帮她系上围裙。父母的厨房对她来说很陌生，这套房子是五年前旧公寓拆迁换购的新房，搬入新居后，她是第二次回来。除了餐具似曾相识，比如那只乳黄色搪瓷盆，是她少年时家里就有的。双耳小铁锅，也是她以前熟识的。其他的，成套的骨瓷餐具、不锈钢炉灶、电水壶、电饭煲，皆是陌生的。她与它们之间隔着距离，像是隔着薄薄的塑料膜。看得见，也摸得着。可是摸上去，不像真的。

　　水管里流出的水冰凉刺骨，尽管戴了橡胶手套，凉气还是渗透进来。母亲走进来，挽起袖子，帮忙整理。母亲说，热水器坏了，因为你爸的病，没顾上修。水太凉了，烧点热水洗吧。嗯，她答应了一声。母亲又说，你也看到了，你爸的病已经这样了，我呢，也不敢怠慢他，什么都听他的，我也算对得起他了。说到这儿，母亲看了她一眼，她也正看着母亲，母女俩一时无话。然而，更多的，未出口的话藏在她们的眼睛里，藏在她们的嘴巴里。她不说，母亲也不说，她们像一对心照不宣的同谋。

从背影看，尚雪梅和母亲很像，肩背微驼，脖颈细长，而且都很瘦。不是苗条，而是瘦。瘦和苗条是两个概念，中年以后的女人再怎么瘦都和苗条挂不上钩，她们的瘦，是晒干的柴一样的瘦。

四

母亲总是大清早去挑水，家里人少，两桶水够用两三天。

早晨洗脸，只舀浅浅半瓢水，脸盆倾斜着竖在门槛，这样可以使双手浸进水中。母亲先给尚雪梅洗脸，洗手。剩下的水，她自己再洗。两个人都洗过了，还要涮洗抹布。抹布擦抹桌椅窗台，直到盆里的水变得漆黑，才舍得泼到院子。洗碗刷锅的水也差不多，洗碗通常洗两遍，第一遍用上一顿洗剩的潲水，第二遍才用干净水。洗过第二遍的水存进容器，扣到灶台，留到下一顿洗碗用。面汤也绝不乱丢，无论多么浑浊，都要存着，既能解渴当水喝，也可以留到下一顿做饭用。有一次，尚雪梅放学回到家，觉得渴。灶台上放着一碗浑浊的水，她误以为面汤，端起来喝了半碗。出了门，觉得哪里不对劲，嘴里一股奇怪的味。她疑心自己把洗碗水喝了，告诉母亲，母亲大笑，你把晌午剩的洗碗水喝了。

有段时间，尚雪梅发现母亲不再起早挑水了，水缸里却总是满的。她奇怪地问，妈，你什么时候挑的水？母亲说，早上挑的，你还睡着呢。她皱眉，不对，我比你醒得早，我醒的时候你还睡着呢。母亲不高兴了，我挑水回来才睡的。是吗？她疑惑，但也没多想。她洗了脸，梳了头，吃了早饭。早饭永远是煮饼，有时是玉米面煮饼，有时是谷子面煮饼，除了春节，几乎不变。

学校只有一间教室，十来个学生，从一年级到四年级都有。段老师先教一年级，教完一年级，一年级学生开始写作业，再教二年级，依此类推，一直教到四年级。每天都是这样。段老师待尚雪梅格外和气，给她吃偏饭，一年级时就教她二年级课程，还指导她学数学。这得益于父亲，父亲只要春节回来，都要主动给段老师拜年。拜年礼物丰盛，有红糖、挂面，还有草子糕。父亲说老师是传授知识的人，值得尊敬。

学校一度上晚自习，晚饭后，学生提着煤油灯去学校。说起来好笑，白天课堂上打打闹闹，虚度时间。晚上，倒是点灯熬油做功课。很久以后，她才明白。段老师是想培养他们对学习的自觉性，把学习当成一件严肃的事情对待。那个没多少文化的民办教师，用他质朴的方法传授对知识的敬重。她很感谢他，离开故乡后，一直给他写信，直到他去世。她最后能顺利考上大学——虽然只是一所不入流的大专，但对一个乡村出来的孩子，已经是最好的出路了。

那天晚上，她拎着煤油灯去了学校，被告知，晚自习取消，段老师生病了。她只好拎着煤油灯返回家。七八岁的她跟在几个大孩子屁股后边，从村东头学校，回到村西头自己家。进了小院，看到屋子里黑着灯。那晚的月亮特别好，莹白的月光像雪一样洒在院子里，照得院子通透敞亮。通常这个时间母亲在灯下缠着麻绳纳鞋底。母亲去哪里了？她推门，外面没锁，却推不开，里面插上门闩了。怎么回事？她听到里面有奇怪的动静，她举起拳头想敲门，却无师自通意识到了什么。她把耳朵贴到门缝，继续探听里面的声音。她听到两个人说话，除了母亲，还有一个男人。他们一定不想被她发现，不然就不会闩门了。她迈着小碎步挪到墙角，像只猫似的蹲在黑暗中，屏紧呼吸，一动不动。过了很长时间，门开了，有个男人走出来。他兀自去了厨房，隔一会儿，从厨房拎出两只水桶，很快闪出小院。她认出了那个男人，跑马村的羊倌，一个说侉话的外乡人。他就住在她家后面的坡上，跑马村的羊圈在上面。他白天放羊，夜里把羊赶回圈里。少顷，屋子里的煤油灯亮了，母亲埋头纳鞋底的身影印在窗户上。

那之后，尚雪梅每天早晨醒来第一件事就是去厨房，瓮里的水满满的，清亮亮的。两只空水桶靠在水瓮边，扁担立在墙角。母亲用水变得奢侈起来，洗脸水不再是半瓢，有时会豪迈地舀上满满一瓢。尚雪梅也跟着恶作剧起来，趁母亲不在家，她故意挥霍水。一瓢一瓢的水被泼到院子里，日光下，它们很快被晒干了，踪影全无。她抿抿嘴唇，既厌恶自己，又厌恶水缸里的水。

在那之前，羊倌每次见了她，总会唤她名字，逗弄她。她幼时口齿不清，羊倌学她说话，雪（喜）梅，你晌午吃（漆）什么了？她生气，扬手打他，他一溜烟儿就跑了。有时，他慷慨地塞给她几个红枣，或者山杏、柿饼、核桃。有一次，他竟然掏给她满满一大把花生。这个羊倌，真是不错呢。她跑回家告诉母亲，满脸甜蜜的笑。她以为羊倌喜欢她，因为她生得白，生得可爱。

在那之后，羊倌再和她打招呼，她就掉转头，假装没听见。她还偷偷跑到羊倌住处，趁他外出放羊，在他居住的窑洞前拉了一泡屎。没多久，尚雪梅被母亲送到了姥姥家，母亲要去青城。记忆中，母亲去青城次数不多，隔两年才去一次。每次去的时候，尚雪梅就被送到姥姥家。在她更小的时候，三岁，或者四岁，母亲带她去过青城，她依稀记得青城有高高的楼房，宽宽的马路。后来，十岁的时候，又去过一次。那时，有了弟弟，一家四口，挤在借来的房子里住了短短几天。父母带着她和弟弟去照相馆拍全家福，父亲抱着弟弟，母亲搂着她。她穿着裙子，手里捧着一束塑料花。那张黑白照片至今保存在家里的相册。

姥姥在尚雪梅眼里是个善变的老太婆，时而严厉凶狠，时而慈祥温和。尚雪梅有时不听话，姥姥就会拿针锥扎她的手。不是吓唬，是真扎，扎出血，扎得她哇哇大哭。有时待她极好，给她煎花椒叶煎饼、炒黄豆。姥爷软弱可欺，时常被姥姥挑刺数落。尚雪梅喜欢给姥爷点烟，抓一撮烟叶摁到烟斗，就着油灯点着，姥爷"噗儿噗儿"吸两口，再把烟灰磕出来。姥爷偷偷教她抽旱烟，她叼着长烟袋，盘腿坐在炕头，模仿戏里的三仙姑抽烟，学得惟妙惟肖。结果被姥姥发现了，把姥爷骂了个狗血淋头。

她不喜欢姥姥家，舅妈总是差使她干活。晚上搓玉米，一家人围坐在玉米堆前，弯着腰，搓着永远搓不完的玉米。她不敢溜走，因为比她小一岁的表妹也在打着哈欠搓玉米。她盼星星盼月亮等着母亲来接她，常常孤独地坐到村口的大石头上眺望。远远看到一个人，以为是母亲，走近了，原来不是。焦灼的等待中，母亲终于来了，她必要委屈地大哭一场，然后，欢天喜地地离开姥姥家。姥姥一边送她们，一边愤愤骂她。外甥是狗，吃了就走。姥姥和姥爷都没来得及等她长大就去世了，他们若是活到她能为他们买一包饼干、买一条纸烟、买一瓶烧酒的年纪，那该有多好。

母亲从青城回来后，肚里又有了娃娃。羊倌仍旧给尚家挑水，但不再偷偷摸摸晚上来，而是，大白天，大摇大摆就来了。你为何给我家挑水？尚雪梅斜着眼睛问。羊倌擦把汗说，你娘肚里有了娃娃，不能去挑水，不过，我可不是白挑的，你爹给我钱呐。哦，原来是这样，原来是父亲安排的。尚雪梅无端高兴起来，她念起羊倌的种种好处。她跟着他去放羊，手里举着羊鞭。哪有小姑娘放羊的，丢死人了。母亲骂她。她才不管那么多，羊倌宠她，走不动就背她。有时，她还骑在羊倌的脖子上，踩高跷似的，又惊险，又好玩。羊倌头发软软的，黄黄的。她骑在羊倌脖子上，摸着他的头发说，头发软的人心眼好，我妈说的。羊倌说，雪梅头发也软，雪梅心眼也好。你的眼睛为什么是黄色的？她盯着羊倌的眼睛问。羊倌也盯着她的眼睛，雪梅眼睛不是黄色的吗？不是。她说。哦，羊倌说，雪梅眼睛是黑葡萄一样的颜色。

尚雪梅在村里读完小学，又去乡里念中学。跑马村女孩读完小学大多辍学了，她没有。父亲坚持让她升学，老师也鼓励她继续读书。只是，念中学很辛苦，每天步行一个半小时，翻山越岭才能到学校。中午，吃自带的干粮。下午放了学，继续翻山越岭，徒步回家。同村有个念中学的男生，比她高一年级，母亲特意登门拜访，带了半升新收的小豆，嘱托他们结伴，一个村的，互相照应。然而，母亲又是不放心的，旁敲侧击暗示她，和男学生保持距离。母亲故作惊讶地说，雪梅，你记得姥姥村里比你大两岁的秀珍吗？怎么了？她问。母亲摇头叹息，她呀，有了肚了。尚雪梅果然吃了一惊。乡里人说"有了肚了"就是怀上娃娃了。母亲说，她偷偷和男同学好，结果有了肚了，人家当兵走了，她挺着个肚子，神憎鬼厌的。母亲复杂地看了她一眼，又说，女孩子裤带一定要紧，不然就遭罪了。她生气了，瞪着母亲，你什么意思？难道我是那样的人吗？母亲诡谲一笑，我又没有说你，我是说秀珍。

上学路上，偶尔会遇到野兽。狐是常见的，出没在日暮时分的山林，拖着优雅的尾巴。见了人，躲得远远的。也遇到过狼，单独的一只或两只。狼和狗一样，只要做出弯腰捡石的动作，它们就掉头离开了。若是迟疑着，赖着不走，那也不怕，男同学吹一声嘹亮的口哨，它们就吓跑了。从小在山里长大，她并不觉得害怕。母亲在地里劳作遇到过狼，还说狼两只前掌搭她肩膀，她一直不回头。因为据说一回头，狼就会趁机咬断你的喉咙。同样的故事，她听姥姥也讲过。她怀疑这事的真实性，兴许是她们编的。她还遇到过横在路中央的长虫，盘成一张灰白色的大饼。她把它想象成传说中的白娘子，夸张地讲给母亲听。母亲说，以后遇到长虫，跪下来拜一拜，许是神呢。

结伴的男同学似乎喜欢过她，因为她有个城里工作的父亲。在乡里，这是身份优越的象征。但是，她对他没那意思。她早早就预料到，自己会离开跑马村。他很快识破了她的心思，转而恋上另一个姑娘。那姑娘是另一个村的，和他们同路。放学路上，他们并排走在前面，她跟在后面。他们最后也没成，她回乡时特意打听过，他们各自和别的人成了亲。遇上雨天和雪天，她会住到镇上的女同学家。不是白住，母亲早就打点过，提前送去钱粮。

条件这么苦，但她一直坚持上学。母亲在家照看弟弟，还要出工务农，更加劳累。那时候日子真是苦啊，星期天休息，她必帮母亲挑一担水。她的背微微有些驼，看上去，总像直不起腰身。她觉得，那一定是少女时代挑水压弯的。初中毕业后继续读高中，高中要到县城，住校。就是那一年，城里有了新政策，父亲有机会给家属办农转非户口。除了配偶以外，子女只有一个名额。他们没同她商量，只把弟弟的户口迁到了青城。这种事情嘛，肯定先紧着儿子。母亲带弟弟去了青城，名正言顺成了城里人，跑马村的妇人们羡慕得眼睛都绿了。她一个人留在跑马村，周末回家，望着空荡荡的院子，泪流满面。母亲给她留下了口粮，她生火做饭，蒸干粮，每个星期的伙食费就是交到学校食堂的一袋干粮。所幸那样的日子持续了没多久，父亲到处求人、送礼，掏空家底，终于把她也接到青城读高中。高考时，她仍旧回老家参加考试。她几乎拼着性命考，若考不上，解决不了户口，招工、婚嫁，都是难题。父母头发在那一年全白了，他们自觉愧对她，可是没法子的事，办户口是要命的事，在儿子和女儿之间，他们只能选择儿子。如果父亲知道是那样一个儿子，还会舍她而取弟弟吗？她无数次这样猜想。

弟弟一岁的时候，尚雪梅背着他在屋后面的山坡遛弯，羊倌拿着一把芝麻糖走过来。羊倌抱着弟弟逗弄他，教他学说话。她乐得清闲，只顾着吃芝麻糖。吃完了芝麻糖，她心满意足地抹抹嘴巴。这个时候，她惊异地发现弟弟长着一双和羊倌一样的眼睛。一大一小两个人，大的抱着小的。一大一小两双眼睛，毛茸茸的，淡黄色眼睛，像透明的琥珀。她看看羊倌，再看看弟弟，心里陡然慌恐。她从羊倌手里夺过弟弟，伏在背上，小跑回家。她的嘴巴像是吞了一个巨大的秘密，这个秘密张牙舞爪，几乎要把她的嘴撑破了。没有人告诉她缘由，她洞悉了一切。她不敢张口，生怕一不小心，这个秘密就呼之欲出。她因此患了短暂的失语症，母亲没放在心上，以为她又发什么神经。段老师着急了，找母亲询问情由。母亲这才觉得不对劲，耐心开导她说话。几次无果，母亲急得哭了。难道你要哑巴了吗？母亲有个远房表姐就是十几岁时忽然变成哑巴了。她悲伤地想，母亲的远房表姐肯定也和她一样，肚子里埋藏着巨大的秘密。

母亲寻来偏方，残忍的偏方，半夜把她从床上揪起来，照着她的嘴巴连续扇耳光。她的嘴角渗出血，嘴唇肿得老高，仍旧一言不发。热心的羊倌也寻来偏方，带着毛的猪尾巴煮水喝。她不喝，他们扳开她的嘴强行灌她。各种偏方都试过了，还是没有效果。母亲气馁了，写信告诉父亲，预备带她到青城看病。这时候，她的病奇迹般好了，她又开口说话了。她口齿本来就不伶俐，经过这场病，愈加笨嘴拙舌了。

　　十二岁那年，笨嘴拙舌的尚雪梅和母亲暴发了一次激烈的争吵。大清早，母亲不让她去学校，让她在家照看弟弟，她要去赶集。赶集有那么重要吗？她问。母亲说，家里连吃的盐都没有了，你说要紧不要紧？她拒绝，不行，不能说请假就请假，你以为上学是闹着玩吗？母亲说，那你说怎么办？你弟弟这么小，一个人在家出了事怎么办？那段时日，村里刚刚有个娃娃掉到茅厕淹死了。她脱口而出，那就让他也淹死好了。母亲扬起手，一巴掌拍到她脸上。那声巴掌清脆极了，像拍在熟透的西瓜上，不是"啪"的一声，而是"嘭"的一响。她捂着被母亲打过的右脸，眼里喷出愤怒的火焰。她咆哮着扑向无辜的、炕上酣睡的弟弟，挥拳打在弟弟身上。弟弟惊醒了，号哭起来。母亲没料到她会这样，急着去拉扯，嘴里骂她是坏了良心的野闺女。她尖锐地回击，谁是野闺女？谁是野闺女？他才是野种，让这个野种去死吧，去死吧。她满脸狰狞，尖叫着，像是要吃了弟弟。她冲母亲喊道，别以为我不知道你的丑事，我全都知道。她指着弟弟，这个野种，这个野种的眼睛是黄色的，是黄色的。母亲被她的话吓着了，满脸惊惧，跌坐在地。

　　那天，她没去上学，母亲也没去赶集。母亲给弟弟蒸鸡蛋羹的时候，给她也蒸了一碗。好大一碗鸡蛋羹，软软的，比豆腐还要软。她知道母亲在讨好她，这种感觉让她难过。我不想这样，是你逼我的，是你逼我说出来的。她在心里呜咽。她们母女，从那一天开始，就再也不是正常的母女关系了。

　　她向母亲承诺过，有一次，母亲正在做饭，她忽然说，你放心，我不会对任何人讲的。母亲的手哆嗦了一下，抬头看了她一眼。她一直忘不了母亲看她的眼神，仿佛暗藏一把凌厉的刀子。那一刻，她知道母亲恨她，就像她也恨她一样。她们恨对方，因为她们同时爱着对方。

　　那年秋天，羊倌离开了跑马村。也许回老家了，也许去了别的地方继续放羊。村里人说，那些放羊汉嘛，都是四海为家的。

五

　　弟弟一家晚饭后早早告辞了，尚雪梅把父亲搀扶进卧室，照顾他躺下。昏睡了一天的父亲再难入眠，吞下一大把止痛药。母亲让尚雪梅先去睡，说父亲身边离不开人，没准一会儿又叫人。家里原本雇了一个看护，这几天过年，人家请假回家了。

　　尚雪梅让母亲先睡，说自己习惯迟睡，零点以后才睡得着。母亲没客气，到另一间房休息。母亲可能累坏了，操持一大家子的年夜饭，加上照顾父亲，隔壁很快传来鼾声。尚雪梅纳罕母亲清癯的身体怎么会发出那么响亮的鼾声？女人老了真可怕，连鼾声都震耳欲聋。她担心自己有一天也会这样，完全有可能，她也开始打鼾了，虽然只是轻微的，时断时续。可是，要知道从前，她睡觉的时候安静得像天使。天使睡觉是安静的吗？她不知道，这话是郝东升说的。那时他们正相爱，他看她哪儿都好，她的缺点在他眼里都是优点。他说过的那些肉麻话，加起来大概比一部长篇小说还长。她不想回忆过往，现实像一团擦抹桌子的破抹布，所有美好的过往，最终都要被这块破抹布抹一遍，发出腐败的气息。

父亲忽然问她，你和小郝还好吗？当年的小郝早就变老郝了，父亲还是习惯叫他小郝。她答道，当然好了，我们都这把年纪了，半辈子都过去了嘛。那就好，那就好。父亲伤感起来，不知还能不能见到他，和他再下一盘棋。早些年，女婿郝东升上门，父亲很喜欢和他下象棋。两人水平都不怎么样，正因为都不怎么样，对垒起来才有意思。要不怎么说"棋逢对手"呢。父亲的话说到尚雪梅心上，她连声说，当然能见到他了，我已经给他发了短信，等豆豆从日本旅行回来，就让他和豆豆一道来青城。话一说口，她的脸就变了。一个谎，要用多个谎来圆。她不擅撒谎，她本来告诉父母豆豆是忙工作没回来。这下倒好，不小心把豆豆旅游的事说出来，原先的谎戳破了。父亲没有追根问底，她侥幸地想，也许父亲疏忽了这句话。

我手机去哪了？她绕开话题，四处找手机。父亲说，刚才还见你拿着。她去客厅找，手机在沙发上。查看短信，豆豆回复了，言简意赅：知道了，回去直接到青城，我给姥爷买了根手杖，手柄镶着象牙，很漂亮。这丫头，还算懂事。郝东升没回短信，或许正忙，一大家子过年呢。上有老，下有小，那个小屁孩今年十一岁，深得郝东升年迈的双亲喜欢。

她举着手机给父亲看，爸，你看，豆豆回短信了，说很快来看你，她给你买了一根手杖。父亲很高兴，直夸豆豆是个孝顺孩子，又说，要是能看到豆豆结婚就好了。

爸，她恼了。当然能看到，棋棋结婚你也能看到。

父亲像是安慰她，又像安慰自己。人总要走这步的，没有谁能逃得过，左不过是个早晚区别。

你不要胡思乱想了，你说这些话我不爱听。她赌气起身去阳台，这间卧室连着一间阳台。阳台放着不少植物，橡皮树、罗汉松、水竹、君子兰，长得最好的是发财树，茂盛如一棵树，高度快及屋顶了。这么好看的植物偏叫发财树，难听。

父亲笑道，别人就喜欢它的名字，你偏不喜欢，它好像也叫玉树。

玉树？这名字好听。可不是嘛，你看它翠绿如玉。

父亲说，植物也有灵性，就说那盆君子兰吧，每年春节都开花，今年就连花骨朵都没结。

眼看话题又往低暗处拐，尚雪梅指着一盆水仙说，你只看君子兰没开花，怎么不看水仙？你看它开得多好，多漂亮，满屋子都是水仙的花香。

父亲说，水仙每年都是新的嘛，花苞是去年埋在土里的。

尚雪梅不与他争辩，而是问，睡不着的话，想不想再看一会儿电视？

父亲欠起身朝窗外望了一眼，充满向往地说，很想出去看看雪。

这么晚了，别出去，外面气温低。再说，哪有晚上赏雪的。

父亲惆怅地说，恐怕以后想看也看不上了。尚雪梅看了一眼表，九点半。除夕之夜，这个时候家家户户都还热热闹闹地围坐在电视机前看春节晚会呢，他们家，却冷冷清清。父亲这个时候倒清醒了，吃了止痛药，病痛似乎减轻许多。他既然有兴致出去赏雪，何不满足他的心愿呢？想到这儿，她说，那我们多穿点衣服再出去。父亲大约没想到女儿会痛快答应，不相信地问，真的？我真能出去？眼睛里满是孩童般的期盼。见他这个样子，尚雪梅反而犹豫了，显然母亲和弟弟不会答应他的无理要求。一个身患重病的老人，冰天雪地大晚上出去，委实不妥。可是，身体已然这样了，再怎样小心翼翼，又如何？人只要活着一天，就不仅仅是活着那么简单，总还有别的欲求。她打开衣柜，找出父亲的羽绒衣，连带帽子、围巾，全都寻齐全了。父亲高兴地配合着，搓着双手，一个劲儿说，我已经很久没有呼吸到外面的空气了。咱们动作利索点，趁你妈睡着，她要是醒了，就麻烦了。尚雪梅问，妈知道了，会不会怪我？父亲说，没事，你就把责任全都推到我身上，就说我死皮赖脸缠着你的。

好吧。尚雪梅说，我们就到楼下小区散散步，不要走太远。父亲连连点头，好的，好的，一切听你的。躺久了的身体站起来，一时难以支撑，差点栽倒在地。尚雪梅赶紧上前搀扶，父亲大约担心她变卦，一把推开她，连声说，我没事，我没事。

从家里出来，尚雪梅才意识到，她低估了父亲的病情。父女俩一级台阶一级台阶往下走，哪里是"走"，根本是"挪"，每向下挪动一级台阶，父亲都显得异常吃力，身体摇摇欲坠。尚雪梅懊悔自己自作主张了，她想打道回府，然而，已经下了一层，上楼恐怕更艰难，必须有人背着才行。她弯腰让父亲伏在她背上，她想背父亲上楼回家。父亲恼了，答应的事怎么又变卦？况且，你这身板，哪能背得动我？他一再安慰她，没事，没事，我没事，就是慢点。他努力做出精神十足的样子，抬头挺胸，唯恐给她添负累。她不忍心了，心里一阵难受。她不想违拗父亲的心愿，耐心搀扶他下楼。

终于出了单元门，父亲浑身上下裹得严严实实，帽子下面是围巾，围巾绕了两圈，护着嘴巴，只露出鼻子和眼睛部分。雪停了，积雪足足有半尺厚。路灯下，白雪被一层红色的鞭炮碎屑覆盖。父亲摇头，瞧这些鞭炮，把白生生的雪都糟蹋了。尚雪梅说，我倒觉得好看，红是红，白是白，另有一番味道。父亲嗅嗅鼻子，雪的清冽气也没了，被鞭炮的硝烟味儿遮住了。尚雪梅扶着父亲一只胳膊，缓慢走路，每走一步，都有如履薄冰之感。不想，父亲得寸进尺，提出去附近的小公园转转。尚雪梅断然拒绝，不行，已经破例了，再走那么远，你身体哪能吃得消？父亲说，不远，一点不远，出了小区右拐就到了。尚雪梅说，那也不行，说好就在楼下走一走的。父亲委屈地说，这里的雪有什么看头，小公园有梅花，不知开了没？这时，不远处又响起一串"噼噼啪啪"的鞭炮声。尚雪梅说，怎么还有这么多人喜欢放炮，我们家很多年不放炮了。父亲嘟囔，你们家？尚雪梅自觉口误，纠正道，是我在武汉的家。心里却想，我哪有家呀，武汉的家也没了，是我自己多年不放炮而已。她又想到郝东升，不知那家伙回短信没，便从口袋里掏出手机看。郝东升终于回复了，挺长的，有几百个字，密麻麻排在手机屏上。他对岳父病情表示关注，说等豆豆旅行一结束就和她一起到青城。他对前妻也很关心，劝她别太着急，老人们迟早有这天，自然规律，非人力能抗拒。他还问治疗是否缺钱，让尚雪梅注意身体，别累着，北方天冷，多穿衣服。乱七八糟的废话说了不少，尚雪梅忍不住多看了两遍。此时此刻，天寒地冻，郝东升的啰唆，多多少少给她带来温暖。这个男人，其实没那么坏。除了有点好色——用他自己的话说，不是好色是多情。什么是多情？还不就是好色嘛，说得冠冕堂皇。女人多情是放浪，男人多情是好色。这是尚雪梅的逻辑，她就是这么看待他们的。她警惕自己成为那样的人，成为母亲那样的人。在她心里，郝东升和母亲是同类人，她和父亲是被伤害和欺侮的一方。母亲是她成长记忆里，羞耻的标杆。因为这个，因为她是母亲的女儿，她更不能成为那样的人。可是，她自己就那么清白吗？她心虚了，不一样，当然不一样。他们怎么能和她比呢？或者说，她怎么能和他们比呢？

离婚之前，尚雪梅有过一次出轨的经历，郝东升不知道。对方是她同事，一个单身汉，爱慕她多年，一直不结婚，在她面前表演过许多痴情的把戏。偷过她的梳子、钥匙链、喝水杯。偷走之后，再买新的还给她。他好像患上了某种病，对她十分着迷，着迷到偏执，偏执到这种程度。他给她写一封又一封的情书，他在信中告诉她，之所以偷她物品，是因为他需要那些东西为他止痛。他必须抚摸着那些东西入睡，因她而感到疼痛的心才能平息。他的情书写得漂亮极了，像一段一段优美的散文。

尚雪梅是单位阅览室管理员，他总有借口找她借书，她躲不开，逃不掉，担心被同事发现，更担心被郝东升发现。她和他谈判，你究竟想怎么样？那个人说，我总是想着你，白天想，夜里想。她赤裸裸地说，别说那么好听，你不就是想和我睡觉吗？那好，我满足你，只要你以后别再烦我。他被她的话吓着了，目瞪口呆，但很快两眼放光，信誓旦旦保证，只要尚雪梅说话算数，他也说话算数。好吧，尚雪梅决定破釜沉舟，某个周末下午，她偷偷去了一趟他家。

他家在广八路的老公寓，楼下就是喧闹的菜市场。他家有一股奇怪的味道，后来她才闻出是花露水和热烘烘的熟食混合在一起的味道。他竟然买了一堆熟食，鸭脖、鸭脯，还有煮得熟烂的猪脚，似乎想与她共进晚餐。看得出，他精心打扫过房间，地板很干净，床铺很整齐。窗帘缝隙透进一束光，她能清晰地看清他脸上的表情，羞怯、激动、兴奋。

她表现得像个偷情的老手，几乎没有犹豫，就脱光了身上的衣服。他面红耳赤，手足无措。从头到尾，她都睁着眼睛，看着他。大概是太紧张了，他的表现糟糕透了，几乎没开始就结束了。完事后，他把头埋在被子里，不知是因为羞愧，还是沮丧。她很快穿好衣服，临走时面无表情地说，希望你说话算数。

他果然说话算数，再也没有骚扰过她。他对她神经质的爱情戛然而止。她反倒有些小小的失落，她自问自己心地坦荡，只是想用这种方式阻碍事态恶化。但真是这样吗？她不敢深究。她难道对那些文采斐然的情书没有心动和虚荣吗？她难道对那个仿佛患了"爱情"疾病的男人没有怜悯和感动吗？仰慕与激赏可以产生爱情，感动和怜悯同样催生爱情。她选择用这种难堪的方式结束，难道不是害怕自己陷进去吗？不久，那男人通过相亲认识了一个对象，很快结婚，组建了家庭。他的"爱情"疾病奇迹般愈合了，她治好了他的病。他们现在还是同事，关系正常得不能再正常。难以启齿的往事成了虚无的幻象，她有时会觉得，那件事根本没发生过，一切都是她臆想出来的。

父亲问，雪梅，你在想什么？

父亲说，放心，爬也爬得回去。或许是满足了心愿，父亲精神异常好，笑声爽朗，一点不像重病患者。尚雪梅暗暗得意，看来她答应父亲赏雪的事情没做错。

小公园只是一片露天花圃，中间有个四角木亭，四周散落着几丛灌木。两株梅花藏在角落，耐心寻找才找得到。积雪静静地覆盖着花园，万家团聚的除夕之夜，这里除了尚雪梅和父亲，再无他人。

两株梅花都没开，连花苞都未结。父亲失望地说，这是怎么了？不会枯死了吧。尚雪梅掰下一段枝条，嗅了嗅，隐约一缕植物清香。她说，放心，好好的，没枯死，可能气温太低，天气转暖就开了。父亲说，我怕是看不到了。尚雪梅不悦，又乱说话，再乱说话，小心打嘴。父亲宽容地笑了，你这个样子，哪里像女儿，倒像个厉害的姐姐。父亲又说，咱们小区本来也种着梅花，有几家住户心眼坏，硬给砍掉了。为什么？尚雪梅问。他们迷信，梅和"霉"同音，说是院里种梅花，不吉利，会走"霉"运。我和他们理论，他们不听。他们那些人呢，哪里懂得梅花的好。尚雪梅说，犯不着和他们怄气。父亲说，是啊，小区又不是咱家的。

既然梅花未开，咱们回去吧。

我还想再待一会儿，这里的雪比小区的雪好，真白，真干净。我一生最爱雪，也爱梅花，所以才给你取名雪梅。

是啊，人家听了我名字，都以为我生在冬天，哪知我生在夏天。

生你那时，正数伏，天气别提多热了。你妈坐月子，身上出汗就像出水，衣服刚换上就湿透了。

尚雪梅眼前浮现的却是母亲生弟弟的情形，请来的产婆拎着个箱子急匆匆进了房内。尚雪梅和父亲被赶到院子里。姥姥焦虑不安，进进出出，一会儿烧水，一会儿在门上挂红布。父亲紧锁眉头，不时趴在窗台向里看。姥姥看到了，就训他，大男人看什么看，快躲一边儿去，男人不许进产房。尚雪梅在院子里东张西望，母亲的喊声从屋里传出来，大呼小叫。一直等到太阳快下山，屋内终于传出婴儿的啼哭，姥姥雀跃的声音从门缝里钻出来，生了，生了，是个长雀儿的小子。前来观望的邻居妇女纷纷恭贺父亲得子，父亲紧锁的眉头松开了，一把抱起她，高兴地说，你有弟弟了，雪梅，你有弟弟了。

满屋子血腥味儿，浓郁的，化不开的血腥味儿。她蹑手蹑脚掀开门帘，走进屋内。母亲坐在炕头，额上缠着产妇的头巾。她问，弟弟从哪儿生出来的？母亲说，肚里生出来的。是从肚脐眼生出来的吗？母亲点点头，是的，你真聪明。肚脐眼是不是撑破了，流了很多血。母亲说，是的，流了很多血。我想看看，能让我看看吗？母亲说，好的，让你看看。母亲掀起被子让她看，昏暗的油灯下，她看到母亲的两条腿上沾满血迹。肚脐眼的血流到腿上了？母亲苦着脸说，是的。很疼吧？母亲点点头，非常疼。生我的时候也这么疼吗？是的，一样疼，比这个还疼，因为你是第一胎。她心疼地看着母亲，呲着嘴，不知该说什么。父亲给母亲端来一碗荷包鸡蛋面片汤，父亲握着母亲的手说，你受苦了。她爬到炕上，歪着头，打量那具小小的婴孩。他的脸皱皱巴巴，像抟成一团的泥巴，一点也不好看。她忍不住说，他真丑。母亲瞪了她一眼，不许这么说你弟弟，刚出生的孩子都这样，长几个月就好看了。

她想，生孩子真是一件神奇的事。女人都要生孩子吗？她问。母亲说，是的，你长大了也要生孩子。她掀起自己的衣服，摸着肚脐说，原来这个地方长个窟窿，就是为了生孩子呀。父亲和母亲同时笑了，他们慈爱地看着她。父亲给她也端来一碗鸡蛋面片汤，她从炕上跳下来，捧着碗，吃得很香。

没出几个月，弟弟就变白了，变胖了，变好看了。她的任务陡然加重了，经常被母亲差使看护弟弟。她熟练掌握了换洗尿布，包裹小被子的活。她像个蹩脚的小妈妈一样抱着弟弟，缓缓拍打他的小屁股，哄他入眠。她一会儿叫他小宝宝，一会儿叫他小乖乖。直到那一天，直到一年后的那一天，她惊奇地发现弟弟长着一双和羊倌一样的淡黄色眼睛的那一天。从那以后，一切都变了。她看他的眼光不一样了，她常常在他的眼睛里窥到另一个人的影子。她渐渐厌恶他，憎恨他，尤其是——当她看到母亲对他的宠爱远远超过对她的关心时，她就愈加嫌弃他。母亲对弟弟说话的声音都和平时不同，变了腔调，像鸟的叫声一样"啾啾啾"，又像羊的叫声一样"咩咩咩"，她听得浑身起鸡皮疙瘩。很久以后，当她也做了母亲，她才发现，女人在面对幼小的婴孩时，都会不由自主地变着腔调说话。

最让她感到愤慨的还是父亲的背叛，她把父亲对弟弟的偏心看作是对她的背叛。父亲从城里回来就抱着弟弟到处跑，唯恐别人不知道他有个儿子。他举着他、抱着他、扛着他，所有曾经给予过她的宠和爱全都一股脑儿转给了弟弟。最可恨的是，父亲还带着母亲和襁褓中的弟弟一起去了趟青城，把她丢到姥姥家。姥姥说，你爹这是向同事们炫耀他的儿子去了。儿子就要炫耀吗？她问。姥姥故意气她，当然了，丫头片子不值得炫耀。她气得抹眼泪，姥姥"哈哈"大笑。

六

父亲忽然弯腰，嘴里喷出一口血，身子随之摇晃着滑倒在地。血溅在雪地上，像风吹落的花瓣。尚雪梅慌乱如麻，一时没了主意。她吃力地把父亲扶进亭子，垫了报纸坐下。父亲像孩子似的偎在她怀里，她双手环抱父亲的腰身，额头冒出一层汗。这情形多么熟悉，幼时的她也曾这样坐在父亲膝头。她腾出一只手，掏出手机给弟弟打电话，她一个人招架不了，得让弟弟赶紧来。弟弟手机竟然无法接通，这可怎么办？父亲虚弱地说，对不起，让你受惊了。尚雪梅说，都怪我，我就不该听你的，非把你黑天半夜带到这儿。父亲说，你这明明是怪我。尚雪梅赶紧说，不，不，你知道我不是这个意思。弟弟电话打不通，怎么办？要不你在这儿等着我，我出去找辆出租车。她刚要起身，父亲却扯着她胳膊，不要走，不要丢下我。

手机响了，竟然是郝东升。这时候他怎么打电话来了，远水解不了近渴，他能帮得了什么。她没好气地问，什么事？我的短信你看到没？看到了。那怎么不给我回？顾不上，我哪能顾得上，我爸，我爸他……她说不下去了，哽咽着，垂下手臂，不小心触动了扬声器。郝东升急切的声音从手机里传出来，你爸怎么了？他老人家怎么了？要不我明天就去？不等豆豆了，我明天就坐飞机去。哪壶不开提哪壶，这个该死的家伙竟然加了一句，你放心，咱俩离婚的事绝不会让他们看出来。她慌忙挂断手机，然而，迟了，父亲转回头，定定地看着她，目不转睛看着她。她终于忍不住，抱着父亲，放声大哭。

父女俩抱在一起，她靠在父亲肩头，父亲靠在她肩头。父亲艰难地抬起手，抚摸她的头发，一下，又一下。哭够了，尚雪梅抽抽噎噎地止住眼泪。父亲软软地靠在她肩头，呼吸变得急促起来。尚雪梅吓坏了，她掏出手机拨打120，电话打通了，她连忙说了地址。父亲趴在她肩膀，靠在她耳边，忽然急促地说了一串话。别恨你妈妈，我走以后，你要对你妈妈好一点，别让她伤心。因为你，她偷偷哭过很多次。父亲的话让尚雪梅一阵心惊，她揽紧父亲，我怎么会恨妈妈？我为什么要恨她？我不会恨她，你放心，我会对她好。父亲继续喘息着说，我知道你知道，我也知道，我早就知道。尚雪梅听得糊涂，爸，你想说什么，我听不明白，你的话是什么意思？

你弟弟，我知道你弟弟不是我的孩子。父亲这句话如晴天霹雳砸到尚雪梅头上。她语无伦次，爸，你胡说什么呢，你糊涂了。

傻孩子，早有人告诉我了。告诉我的就是段老师，他把我当朋友，写信告诉我。可是，我嫌他多管闲事，嫌他多嘴。为了堵上他的嘴，也为了堵上跑马村其他人的嘴。我带你弟弟到了青城，我告诉段老师，我验了血，做了检查，他就是我儿子，尚家的孩子，他们再不能乱嚼舌头。

她吃惊地张大嘴，她怎么从没想到过。她都知道的事情，怎会瞒得了村里其他人？她结结巴巴地问，我妈，我妈她知道你知道吗？

不，她不知道，她一直不知道我知道。她从未怀疑过，因为我待你弟弟比待你更尽心。你千万不能告诉她，我瞒了她一辈子。这是她的心病，她要是知道了，我们这一世婚姻就成了一出戏。原谅你妈妈，你知道她受了多少苦，遭了多少罪。你知道一个女人在跑马村，身边没男人帮衬，过得多艰难。你都亲眼见过的，不是吗？人都有软弱的时候，何况一个女人。

尚雪梅紧握着父亲的手，她的脸紧贴着父亲的脸。父亲断断续续说，我……真心疼你弟弟，把他当亲生儿子看，不只是让你妈安心。他叫我爸爸……他姓我的姓，我为什么不疼爱他？而你，爸有多疼你弟弟，就有超过一百倍的心疼爱你。我不知道你和小郝怎么了，但是，世上哪有完美的姻缘，好姻缘就像赶车的鞭子，两股绳绞成一股，你缠我我缠你，不然就散了……

爸。尚雪梅眼泪滚滚而下。什么是大海一样的胸怀，她终于懂得什么是大海一样的胸怀，她慈爱的老父亲就有这样辽阔的胸怀，足以令天下男人汗颜的胸怀。

救护车的声音远远传来，在这个寒寂的除夕之夜，听上去像是遥远的，陌生人的哭声。新年的钟声快要敲响了，广场上放起了烟花。绚丽的烟花在空中盛开，转瞬又如花瓣雨纷纷落下。尚雪梅靠在父亲的耳边一字一句地说，爸，你放心，我会照顾好妈妈和弟弟，照顾好我们一家人，我会像你一样爱他们，永远爱他们。

时光不弃

你听说过驾图盒子吗？安勇忽然问我。我吓了一跳，表面却不动声色。他说，车险下月到期，人寿业务员给他打电话，说买他们保险免费赠送车载吸尘器和驾图盒子，他不清楚驾图盒子是什么东西。

我正在厨房做早餐，图省事，几乎每天早晨煮白粥。晚上临睡前把米泡进电饭煲，起床后，扔一把红枣，摁下煮粥键。同时取两个鸡蛋放入袖珍煮蛋器。不到十分钟，鸡蛋和粥都好了。电子产品真省心，浓酽的红枣白粥，八成熟的白煮蛋，佐以凉拌小菜。小菜花样常换常新，今天是酸辣胡萝卜丝，还有几片煎得焦黄的培根。

我把饭端到餐桌上，招呼安勇吃饭。饭桌上，我跟他说，听小波提过驾图盒子，用了它，保险公司会采集到你的个人信息，你的任何行踪都会暴露给他们。万一出险，想做假现场都没法子，等于被人家实时监控了。小波是我表弟，在汽修店打工。安勇一听是小波说的，马上表示不要驾图盒子。我夸张地附和，是啊，无事献殷勤，非奸即盗，白送的东西，哪有那么好。

我把碗里的红枣捡到一只碟子里，我不喜欢吃红枣。婆婆送来两箱若羌干枣，放了几个月，再不吃坏掉了。安勇嗜好甜食，但是我拣出来的红枣他是不会吃的。他有洁癖，无论是我喝过水的杯子，还是吃过饭的碗，他都不碰。

今天周四，天气预报显示阴天，空气污染指数偏高，气温最低零下9℃，最高4℃。临出门，安勇跟我要口罩。昨晚洗过了，晾在卧室地板。我家是地暖，今年暖气不太好，室内温度低，洗了衣服得铺在地板上烘干。乍一看，就像扔了满地衣物。他的口罩很专业，有点像防毒面具，据说过滤雾霾效果高达99%。我从不戴那玩意，对于雾霾的危害性，我远不及他认识深刻。他注重健康与养生，每天按时吃饭，每晚热水泡脚，睡前喝牛奶，周末经常参加户外活动。我挺烦他这套，嘲谑他怕死。他认真地说，不是怕死，是怕生病，生病会给别人添麻烦。这话说得我惭愧起来，他指的别人不就是我嘛。那么，换一种角度，在他眼里，我只不过是别人。

我把吃剩的碗筷泡进洗碗池，隔着厨房窗户，朝楼下张望。上班的，上学的，陆续从楼道里走出来。无论大人小孩，都穿着厚重的棉服或羽绒服，体态臃肿，像一只只缓慢移动的企鹅。安勇也出来了，戴着深灰色棒球帽，身上的薄棉夹克显得有些单薄。我看着他朝自己的黑色轿车走去，转身回屋。手机扔在床头柜，我拿起手机，屏幕上有个黄色图标，点开，里面殷勤地推送来一条新消息：

07：31 我在青城市北山区滨河北路19号启动了，准备出发了！

没错，给我发送消息的就是驾图盒子。早在三个月前，我就在安勇车里装了这个东西，绑定的是我手机，他完全不知情。

安勇走后不久，我也从家里出来。我在附近的艺佳幼儿园上班，出了小区，左转几百米就到了。小区门口，我又见到了那只灰色流浪猫，一见我，就围着我的裤脚打转，这是它向人示好的方式。一个月前，我亲眼看见它被人从一辆红色轿车窗口抛了出来，车里同时扔出一把鱼干。就在它专心致志咀嚼鱼干的时候，那辆车绝尘而去。它不知道自己被抛弃了，仍旧俯在地上愉快地进食。几天后在路边的垃圾箱旁见到它，估计饿坏了，没精打采，"喵喵"直叫。我去便利店买了根火腿肠丢给它，它还没有学会觅食的本领，生存能力不及野猫。野猫见人就躲，它不一样，见人就迎上去，嘴里发出谄媚的叫声。它幻想再次被收养，重新过上有吃有喝的好日子。可怜的小东西，如果能挨过这个漫长的冬天，它就会知道，人类远比它想象的冷酷无情。

有一次，我在网上看到一篇文章。一个女孩发帖说自己去外地读大学，父母把她养的猫扔了，还骗她说是猫自己走丢了。我脑子里顿时闪过这只猫，据说哺乳类动物都会做梦。它若做梦的话，怕是会梦到从前的主人。想想吧，梦里主人亲热地抱着它，与它玩耍，喂它美食。梦醒后，望着冰冷漆黑的四周，它心里该是多么恓惶无助。我有心带它回家，但也只是想想。不用问也知道，安勇会反对，他不喜欢猫狗之类的宠物。当然，安勇反对是一回事，最重要的——我对自己没信心。与其最后始乱终弃，倒不如从来没有收养过它。作为宠物，最悲惨的下场莫过于被豢养它的主家抛弃。如果屡次被抛弃，岂不是更惨？算了，我还是别给它悲摧的猫生增添痛苦了。

幼儿园外聚满送孩子的家长，骑电动车的女人从后座抱下孩子，寒风中，不忘亲吻女儿的额头。另一位穿军绿色大衣的男子正在哄劝不想进园的儿子，失去耐心后，蛮横地把他推进大门，小家伙发出声嘶力竭的哭嚎声。一辆醒目的炫黄色SUV停在路边，装束时髦的年轻母亲带着女儿从车里出来。小姑娘名叫李安琪，是艺佳幼儿园的名人。她读大班，头发自来卷，乌黑明亮的大眼睛，皮肤白得像西洋人。一张小脸，粉雕玉琢，简直就是真人版芭比娃娃。每次看到她，我都忍不住幻想自己有个这么可爱的女儿。

驾驶座车窗徐徐启开，露出一张男人的脸。我心里一动，原来是他。高鼻、浓眉、眼窝深陷，酷似日本影星柏原崇。这张脸太帅了，令人过目不忘。我曾在一个读书会见过他，他当时朗诵了一首诗。难怪李安琪这么漂亮，她长得像父亲。李安琪平时都是母亲接送，我第一次在这里见到她父亲。他与女儿挥手作别，做了个飞吻的手势。他注意到我在看他，那双深邃的大眼睛仿佛具有穿透力。我的脸霎时红了，快步进了幼儿园。

半小时后，驾图盒子的第二条消息又来了：

08：00 我熄火了，一共行驶 13.2 公里，耗时 29 分钟，已经到达青城市西城区德胜西街 101 号啦。

紧接着，又推送来一条消息：

这是从青城市北山区滨河路 19 号到青城市西城区德胜西街 101号的轨迹。

后面附着地图，一条紫色的粗线条歪歪扭扭，从北向南，正是安勇的行车轨迹。

驾图盒子是我从网上买的，香烟大小的黑色盒子。买回来以后，委托小波帮我插在安勇汽车方向盘下面的 OBD 接口，外面一点看不出来。自从插上驾图盒子，安勇的车就被我二十四小时监控了。无论去什么地方，在什么地方停车，停了多长时间，一天行驶多少公里，油耗多少，驾图盒子都会贴心周到地告诉我。这期间，他的车保养过一次，做保养的地方正是小波工作的汽修店。保养师傅为汽车做检测，发现了驾图盒子，以为车主自己装的。而且，小波在一旁盯着，总算没出岔子。为此，我专门请小波吃了一顿涮锅。

其实，我在警匪片里早就见过类似的东西，它另有一个名称，叫车辆智能追踪器。警察锁定某辆车时，偷偷在车里插上它。狡猾的匪徒识破后，再把它转接到其他车上，误导警察。没想到普通人也可以使用，网上就有卖的。负面消息也不少，诸如容易泄露个人隐私，易造成电瓶亏电等。安勇为人谨慎，负面消息越多越好，万一有人忽悠他装这玩意儿，我就夸大负面影响，他会立刻打消安装的念头。

从装上驾图盒子到现在，总计发现安勇撒谎四次。一次是中午，他的车停在南大东街105号，一家地下停车场，附近有超市、银行、酒吧、宾馆、饭店。我打电话问他在哪儿，他说在单位食堂吃午餐。一次是下午，他的车停在西城大厦，停了两个多小时。当我打电话问他在哪儿的时候，他说在科技中心开会。科技中心距离西城大厦十多公里，这个谎撒得够远的。难道他把车借给同事朋友了？可能性为零。洁癖使然，平时就连有人想搭他的车，他都一百个不情愿，别提借车给人了。还有一次也是下午，他的车停在大连路15号，那儿有家洗浴中心。当我打电话时，他说自己在图书馆。图书馆与大连路相隔几个街区，明显是撒谎。

最不可思议的一次是他的车停在南湖路78号，傍晚时分，差不多停了一个多小时。南湖路78号是婆婆家所在的丁香园小区，我以为他肯定在婆婆那儿吃晚饭了，自己煮了方便面，草草对付一顿。八点钟，他回到家，打开冰箱找饭吃。你没吃饭？我纳闷。他摇头说没有。我脱口问出，你妈没留你吃饭？别看我们结婚四五年了，提起对方父母都是直呼你爸你妈，一直没上升到咱爸咱妈的亲密程度。他诧异地瞥了我一眼，我没回丁香园呀。我吃了一惊，急忙解释，我以为你回了嘛。这件事让我郁闷许久，难道他回自己家也要撒谎？有这必要吗？第二天，我给婆婆打电话，嘘寒问暖之后，我问，安勇最近没去看您？婆婆说，哦，好多天没来了。我更加奇怪了，难不成他们母子俩合伙骗我？

外人眼里，我嫁给安勇，无疑攀高枝了。我家在农村，高考录取到青城师专，专业幼教。青城师专寂寂无闻，我入学的时候，刚刚专升本。毕业后，留在青城，应聘到一家私立幼儿园当老师，园长就是安勇母亲。幼儿园规模不大，但经营多年，拥有稳定生源。参加工作的第二年，有一天，园长邀我去她家里做客。我受宠若惊，拎着一袋水果上门。

给我开门的就是安勇，我闻到他身上有淡淡的香味，类似薄荷的味道。我挺吃惊的，周围很少见到用香水的男人，感觉他们与我的距离远得就像隔着几座山。他是谁？难道他就是园长儿子？我把水果递给他，弯腰换鞋。园长从厨房走出来招呼我，小刘，这是我儿子安勇。勇子，这是我们幼儿园刘老师。

园长儿子的传闻我早听同事们讲过，早些年，感情上受过伤害，相爱多年的恋人抛弃了他。那之后，他便"曾经沧海难为水"，迟迟不婚。园长着急，到处托人给他介绍对象。玄关光线暗，没看清他长什么样。进了客厅，我重新打量他。他穿着浅灰色运动卫衣，个子不高不矮，体型不胖不瘦。遗憾的是头顶有脱发迹象，露出稀疏的头皮。

园长进厨房做饭，我假意帮忙，被她撵了出来。安勇父亲是一位退休教师，养着一只虎皮鹦鹉，鸟笼挂在阳台。为了躲避枯坐客厅的尴尬，我装作对那只鸟感兴趣，逗它说话。这只倨傲的鸟儿根本不理我，冷冷看着我，一言不发。

饭菜上桌了，简单的四菜一汤。园长自称厨艺不佳，让我多多包涵。饭后，她让安勇开车送我回去。第二天，园长叫我去她办公室，开门见山问我对她儿子印象如何。我已猜到那顿饭可能是变相相亲，只是没想到园长这么直截了当地问我。我支支吾吾，一时不知怎么回答。

安勇除了年纪略大，家境、学历、职业都在我之上。我那年二十三岁，他比我大九岁。园长建议我们交往一段时间，如果不合适，她也不勉强。不久，安勇打电话请我吃饭。之后，陆续约我看电影、喝茶，还叫我参加一个读书会。一群人聚在一起，各自分享喜欢的书，并朗诵书中的段落。央视后来推出一档热门节目"朗读者"，这个节目的最初构思肯定来源于形形色色的读书会。

园长私下找我谈话，感叹这么多年，给儿子介绍过不少对象，都不入他的眼，唯独这次对我青睐有加。园长的话满足了我的虚荣心，我渐渐发现安勇身上有许多优点，做事认真，生活严谨。美中不足的是形貌欠佳，不过才三十出头，就谢顶了。咳，算了，世上没有完美的婚姻，鱼与熊掌不可兼得。如果安勇各方面条件都优越，怎会看上我这样的乡下妹子？我旁敲侧击地问他的前女友，他坦言分手原因是女方爱上了别人。可怜的家伙，女人同情心泛滥起来，就像中了毒，我怎么忍心再让他伤心呢？

乡下的父母听说安家阔绰，提出索要二十万彩礼，婆婆痛快地答应了。出嫁时，父母一分钱嫁妆也没有给我，他们用那笔彩礼在县城买了房子，说是给弟弟准备的婚房。弟弟刚满十八岁，女朋友都没影呢。幸好婆婆没计较，安勇也表现得无所谓。反而是我，觉得丢脸，没面子。因为彩礼和嫁妆的问题，我与父母有了隔阂。除了过年，很少回娘家。偶尔回去，他们待我生疏得像客人。有人说，女人结了婚，在娘家是客人，婆家是外人。我就是个活生生的例子。

安勇婚前就有自己的房子，婚后，我搬去同住。我们住的地方离上班的幼儿园特别远，几乎隔着大半个城市，乘公交需要倒几趟。新婚燕尔，他有耐心接我上下班。时间长了，加上工作忙，他便无暇顾及。我遽然成了园长儿媳，同事对我的态度微妙起来。她们并未因我的身份特殊而多加照拂，每遇迟到，反而含沙射影地说风凉话。我每天早出晚归，大把时间浪费在路上。高峰期挤公交，座位也没有。我个头偏矮，习惯穿高跟鞋，车上一站两小时，简直是受刑。跑了几个月，疲惫之余，萌生辞职念头。婆婆大约早有此意，就等我主动开口。婆婆说，女人嘛，丈夫养不起家才出来受累，安家不缺你那点工资，不如休息在家，趁年轻，赶紧生个孩子。既然婆婆这么说了，我乐得安逸，干脆歇回家里，做起了全职太太。安勇每月一半工资交给我，婆婆时常给我零花钱，衣食无虞。也许是忽然闲下来的缘故，竟然患上了失眠的毛病。医生说是内分泌失调，听说我处于备孕期，不建议吃药。偶然听说练瑜伽调节内分泌，有助睡眠，我便报名参加了瑜伽班。两个月后的一天，感觉腰特别酸，推算例假延迟了十多天。例假向来不准，习惯延后，以至于没提前引起注意。买了验孕棒测试，果然怀孕了。我把这个消息告诉婆婆，全家人都很高兴。担心影响胎儿发育，婆婆不许我再练瑜伽。可惜，还是晚了，乐极生悲的成语在我身上应验了。第二天晚上，毫无征兆，睡梦中出了许多血。早起去医院检查，医生说我流产了。做B超，子宫内有残留，医生给我做了清宫手术。后来，我才知道，孕早期练瑜伽极易造成自然流产。我总觉得那次手术没做好，伤到子宫了。那之后，子宫就像关上大门，再也没有了动静。婆婆带我去医院检查，查来查去，查不出毛病。每天闲在家里，瑜伽不敢练了，心里仿佛长满荒草，偶见小区附近的艺佳幼儿园招聘教师，便自作主张报了名，顺利被录取。婆婆不太高兴，放着自家幼儿园不去，跑到别家幼儿园上班。我知道她恼火的不是这个，而是我迟迟怀不上孩子。安勇是独子，年纪不小了，婆婆难免着急。可是怀孕这种事情，谁也把控不了，只能听天由命。

半年前，我发现安勇外面有女人。

安勇从不碰我的手机，他说这是一个男人的风度，也是基本素质。我觉得自己也应该做一个有风度、有素质的女人，对他的电脑和手机敬而远之。每个人都有不为人知的心事和秘密，即使夫妻，也要做到亲密有间。这些道理都是网上流传的鸡汤文教给我的。何况，我手机里同样隐藏着不想让他知道的内容。一年多以来，我与高中时的一个男同学保持着类似精神恋的关系。从前在学校，我们只是泛泛之交，想不到若干年后，通过微信重建了友谊。我们彼此关心，相互分享生活中的趣事。他喜欢把周围的点点滴滴讲给我听，失败的恋情、同事间的八卦、工作的苦闷、理想的破灭。我也一样，他清楚我每天的生活轨迹，就连我与安勇的房事，也曾向他吐露过。他更像我的闺蜜，我们无话不谈。男闺蜜供职于北京一家中等规模的网络公司，工资听上去诱人，但除去房租、生活费、交通费、娱乐费后所剩无几。日益攀升的房价令他对未来一片茫然，他的微信签名就是：生活不止眼前的苟且，还有以后的苟且。

3月14日，他订购了十一朵白玫瑰送给我。有什么含义呢？上网查才知那天是白色情人节，白玫瑰代表纯粹的爱情。他说，不以结婚为目的的爱情就是纯粹的爱情。这话让我倒胃口，我听过另一句相似的——不以结婚为目的的爱情就是耍流氓。

我与男闺蜜的情感交流只是为了对抗日常生活的平庸乏味，日子太单调了，每一天都是前一天的复制。我揣测安勇或许也有这样的红颜知己，他比我年长，生活阅历比我丰富。我们相差九岁，算是隔代人。他喜欢的读书会，我嗤之以鼻。我热衷的宫斗剧，他不屑一顾。婚前，这些不合拍的东西被新鲜的恋情遮蔽了。婚后，朝夕相处，它们日益显露出来，这是无法逃避的现实。

我的揣测很快得到了证实，情况远比我想象得严重。有天晚上，我手机坏了，黑屏，开不了机。幼儿园许老师找我调班，联系不到我，不知从哪里打问到了安勇的手机号，电话打给了他。安勇当时正玩手机，接到电话把手机转给我。我与许老师说完正事，唠起了家常。安勇等得不耐烦，去了洗手间。挂断电话后，手机保持开屏状态，不需密码就能浏览。他手机设有密码，倒不是专门防备我，只是防止手机丢失。我下意识点开微信图标，两句未来得及删除的对话赫然出现在眼前。一个网名叫"时光不弃"的留言：刚分开就想你。他的回复更肉麻：无时无刻不想你。

我迅速点开"时光不弃"的头像，一片深蓝色大海。朋友圈转发的都是公众号文章：深度解析伊朗电影《一次别离》，最美的100首中国古诗词，带本好书去旅行等。没来得及继续往下翻，安勇已经从卫生间出来了。我迅速退出，把手机丢到一边。我不想让他发现我偷窥他手机，最重要的——我不想让他知道我掌握了秘密。"时光不弃"到底是什么样的女人？已婚妇女还是未婚姑娘？他们的关系显然比我与男闺蜜似是而非的精神恋深入得多，复杂得多。安勇不过是一家银行的高级职员，就算他母亲有点积蓄，未必都给他。他相貌不出众，财力有限，什么样的女人刚分开就想他？

遇到安勇之前，无论爱情，还是性，于我都是一纸空白。大学时参加社团，有个小男生追过我，半推半就相处过一阵就散了。毕业第二年认识了安勇，早早结了婚。严格说起来，安勇就是我的初恋。我的大多数同学都单着，我却已经结婚四年了。如果没有那次意外流产，我都是三岁孩子的母亲了。我自问婚后尽到了妻子本分，洗衣做饭，家务样样不劳他费心。就算背着他和男闺蜜暧昧，那也不过是无聊生活的调剂，并未真的打算背叛婚姻。可是，他与"时光不弃"不一样。他们的苟合，给了我当头一棒。我无法接受丈夫和别的女人耳鬓厮磨后，回到家若无其事。现在就这样演戏，往后数十年的漫长岁月怎样度过？装聋作哑一辈子吗？还是——说不定哪天他就摊牌了。"时光不弃"赫然登场，取代我的位置。

我对"时光不弃"满怀好奇，她究竟何方神圣？能令安勇对她说出"无时无刻不想念"这般缱绻缠绵的情话。要知道，在我们热恋之初，他也未曾对我有过这样的表达。我要把她找出来，倘若她已婚的话还好说，如果未婚，我得考虑离婚的可能性。迟迟不孕已给我们的婚姻蒙上阴影，万一哪天他领回个挺着肚子的孕妇，婆婆也会站在我的对立面。我不怕离婚，怕的是到头来两手空空，变回毕业之初那个租着房子吃泡面的穷姑娘。

我先从安勇经常参加的户外活动入手，以徒步爱好者身份申请加入安勇所在的户外 QQ 群。这个群近千名成员，我在近千名群员里寻找"时光不弃"，没找到，QQ 和微信未必使用相同的名字。群里有共享文件，里面有不少活动合影，最早可追溯到几年前。我耐着性子翻看，相片上，几乎每个人装束都差不多，棒球帽、冲锋衣、双肩包。我必须仔细寻找，才能依稀找出安勇的身影。其中多张合影，安勇旁边都是同一个女性。像素不高，只能看出大概样貌。长发，圆脸，年龄似乎不小了，三十几岁的样子。她是否就是"时光不弃"？不入虎穴，焉得虎子。最新公告显示本周末有活动：亲近大自然，徒步穿越林县苏家峪、赵庄、枫林寺。强度中等（15 公里），欢迎大家参加活动，费用 AA 制，午餐自备。

安勇周末开车送婆婆回老家，他舅舅刚做了心脏手术。这次活动安勇去不了，我正好参加。早晨六点半，我准时到达集合地点。一辆大巴车停在那里，上车后，我特意坐到一位年龄相仿的男士身边，异性搭讪方便些。一个多小时的车程，男士看出我是新人，态度极为热络。我打开手机，翻出 QQ 群合影，指着照片上安勇身边的女子，问他，她叫陈丽华吗？这名字是我顺口胡诌的。不是，不是，她不姓陈，姓崔。崔姐今天也来了，就坐后面。他回头指给我看，我连忙阻止。你别指指点点，她长得像我认识的陈丽华，看来认错了。我的解释合情合理。

大巴驶入林县苏家峪，大家集体下车步行。路上，我特意接近崔姐。她身材高挑，灰蓝色牛仔裤包裹着两条浑圆结实的大长腿，胸前乳房沉甸甸的，至少比我大了两个号。我在她身上闻到了熟悉的薄荷味，正是安勇喜欢用的香水。我认定她就是我要寻找的"时光不弃"，或许他们早就认识，如同我与男闺蜜一样，也是昔日同学。我听到她和别人谈起自己儿子，心里竟然松了口气。我不想与安勇离婚，这段婚姻谈不上美满，但比上不足，比下有余，至少经济上没有压力。贫贱夫妻百事哀，记得少时，与母亲一道去镇上赶集。她看中一件长袖衬衣，在服装摊前徘徊许久，最终没买。我不想过那种连买一件衣服都要反复掂量的人生，舒适的环境里待久了，变得充满惰性。我已经失去了大学刚毕业时，意气风发、独闯生活的勇气。

途中，我用手机给崔姐拍了两张照片。随后，以发相片为由，加微信好友。她微信名"春雨"，头像是一张卡通画。我心里一灰，她不是那个女人，她不是我要找的"时光不弃"。

徒步到这时，只进行到三分之一。我失去动力，再无力气继续前进。我的装备也不够专业，脚上穿的只是普通帆布鞋，一路走来，爬高踩底，脚后跟钝痛。经过赵庄时，我脱离大部队，给负责人发了条短信，称身体不适退出活动。

赵庄是一座藏在大山深处的小村庄，只有十几户人家，许多院落破败了，空无一人。令我惊喜的是，村里有一道自高而下的山泉，清澈透明。初秋的薄雾中，冒出缕缕白气，探手进去，水是温热的。有户人家门前用石头筑起浴缸大小的水池，泉水流经时蓄在池中，池底留有小孔。水源源不断而来，又自池底缓缓流走。女主人抱着一盆衣服出来，蹲在池边洗衣。我羡慕地看着她，随时可用温热的泉水浣洗衣物，这样的环境真是太好了。虽说我也是农村长大的，但我家属于城郊，远没有这种深山老林的韵味。时近晌午，我询问她，可否留我吃顿饭。她警惕地看着我，我急忙补充，我出饭钱。她的神情松弛下来，满口答应。谁说山里人淳朴？这里早不是世外桃源。

她家院内有棵苹果树，尚未成熟，青涩的果子挂在枝头。我坐在树下休息，她在厨房烧火煮饭。院外茅厕散出阵阵异味，这是在初秋，若是炎热的酷暑，味道恐怕更烈。适才生出的羡慕烟消云散，真让我在这里住几天，恐怕受不了。午饭是豆角焖面，吃时浇一勺油辣子，连汤也没有，只倒了杯热水给我。我艰难地咽下半碗饭，掏出十元钱给她。我以为她会推让一番，结果没有。她略一犹豫，伸手接过了。

山路上，遇到一个骑摩托车的村民。我给了他十块钱，他把我送到镇上，我搭乘中巴去了县城，转乘班车回到青城。当天晚上，我就退出徒步群。通过户外活动寻找"时光不弃"的计划失败了。

我把安勇出轨的事告诉了男闺蜜，他认为我们夫妻生活不正常。我跟他讲过我与安勇的房事，每周一次，很有规律。他说，如果这种事情变成按时交作业，就没什么乐趣可言了。言外之意，似乎是我魅力不足，导致安勇出轨。"时光不弃"有何魅力吸引安勇呢？我想起那两句微信上的情话，心中刺痛。眼下关键的，还是找出这个女人。我要知道她是什么人，才能判断自己是否是她的对手。

我瞄上了安勇常参加的读书会，"时光不弃"没准也是读书会成员。读书会地点设在花溪公园旁边的一家茶馆，天气好的时候，他们的活动有时会在公园凉亭举行。我特地去了趟茶馆，服务员说，活动时间不固定，有时一个月一次，有时两个月一次。我跟她要了电话，拜托她提前告诉我下次活动时间。我不想直接问安勇，担心打草惊蛇。万一"时光不弃"知道我参加，也许就不来了。

几天后，服务员通知我。本周末下午，有一场活动。我按时到了，提前编好谎言，佯作路过此地。意外的是安勇并不在，我打电话问他在哪儿，他说单位临时有事。我实话告诉他，我在读书会现场，刚好路过，就进来了。不时有人拿手机拍照，现场照片会传到他们所在的读书群，安勇难免发现我。不如主动告之，省得他回头盘问。

我就是在那次读书会见到李安琪父亲的，他安静地坐在角落，手里捧着一杯茶。我指着他的茶，同服务员要一杯相同的。服务员说，那是生普，普洱茶分生熟两种，价格一样。她建议我喝熟普，生普伤胃。我不懂茶，平时也不喝茶，但这个男人喝茶的姿势吸引了我，我坚持喝和他一样的。主持人介绍他叫李海，他朗诵了一首诗，惠特曼的情诗。我记住了其中几句：我听见潮水悠悠卷上海岸／我听见流水与沙粒的嘶嘶声响／仿佛对我轻声絮语／我最爱的人／就躺在我身边……他的声音与他的相貌一样迷人，淳厚、低沉、充满磁性。我忘记了自己来读书会的初衷，几乎没怎么注意现场的女性，目光只停留在他身上。我忍不住拿手机对着他拍了几张照片，他朝我点点头，微微一笑。我把他的照片传给男闺蜜看，男闺蜜嘲讽我好色。哈，子曾经曰，吾未见好德如好色者也。在对美色的追求上，男人与女人是一致的。

晚上回到家，我主动跟安勇谈起李海，我夸他长得像柏原崇。安勇反问，柏原崇是谁？我故意奚落他，连柏原崇都不知道，简直是对牛弹琴。安勇不屑地说，你们女人啊。我们女人怎么了？你们女人就喜欢看脸。这话说的，难道你们男人就不喜欢看脸吗？安勇懒得与我争执，仰卧到沙发上看书去了。说来惭愧，安勇每个月至少读两三本书。我呢，半年也读不完一本。

读书会不久，我就听说了驾图盒子。网购了一只，请小波偷偷装在安勇车上。有了驾图盒子帮忙，我相信迟早会找出"时光不弃"。

手机里面李海的几张照片迟迟舍不得删掉，一面之缘，念念不忘。男闺蜜酸溜溜地说，你大概遇到了传说中的一见钟情。嘿，遇到了又怎样？我有自知之明。别说我是有夫之妇，就算单着，也不会奢望与他有任何交集。我对他，就像对荧幕上的柏原崇，止于欣赏而已。

课间操时，碰到许老师。我兴奋地问她，你见过李安琪父亲吗？许老师说，当然见过，怎么了？我说，早晨在幼儿园门口碰到了，以前没见过他送孩子。许老师哂笑道，你怎么对人家感兴趣？是不是也觉得他长得帅？许老师年纪比我大几岁，我俩经常互开玩笑。

从许老师口中得知，李海是工艺美术学院老师，专攻版画。她家装修房子，想买一幅他的版画。版画？印象中的版画就像黑色剪纸，感觉不好看。许老师批评我落伍，版画分很多种，李海做的版画是彩色丝网版画，艺术感很强，挂在家里比一般装饰画上档次。我被她说得动心了，我家客厅挂着一幅过时的风景画，早想换掉了。他的画贵吗？我问。许老师说，不贵，版画成本相对较低，一张版能做几十幅画，何况这个行业卖的是名气，普通画家作品贵不到哪里。听说他有专门的工作室，找机会咱们一起去看看。

周六，许老师邀我与她结伴去青云山泡温泉。这么冷的天泡温泉，亏她想得出来。我不想去。她说有人送了两张免费门票，过了元旦就作废了。她央求我，一起去吧，就当是陪我了。我拗不过她，只好答应了。

我们搭乘一班旅游中巴，去了青云山。天冷的缘故，室外温泉几乎没人，室内汤池，也只有寥寥几个顾客。我俩换了泳装，泡了没一会儿，就跑到桑拿房取暖，感觉就像大老远跑来洗桑拿似的。桑拿房只有我们俩，热气逼紧了，打开门透会儿气。终于又进来两个人，一男一女，披着白色浴巾。热气氤氲，水汽弥漫，勉强看清他们的轮廓。男的较胖，挺着肚腩。女的纤瘦苗条。只听男的说，今晚不用回了，就在这儿住一夜吧。女的说，不行，我答应安琪晚上回去的。许老师与我同时一怔，我们都听出这是李安琪母亲的声音。许老师捏了一下我的手，示意我不要出声。我们转过身子，面向墙壁，不时舀起桶里的水，浇到烤热的石头上。蒸汽嗤地冒起来，室内混沌一片。

他们很快出去了，我俩做贼似的趴在门口窥视。果然是李安琪母亲，浴巾下面，两截白色的小腿一晃一晃。男人肥头大耳，与李海相比，简直一个天上，一个地下。许老师感慨，现在的女人啊。我也禁不住惋惜，什么眼光啊，嫁了那么帅的男人还不满足，跟个胖子鬼混，图什么呀。肯定图钱呗，许老师撇着嘴说，这种事情见多了。

返程车上，我打开手机查看驾图盒子动静。安勇的车又去了西城大厦，我给他打电话，问他在哪儿。他说在图书馆。图书馆与西城大厦相隔七八公里。为什么每次他的车停在西城大厦就要向我撒谎？难道"时光不弃"与那个地方有关联?

许老师见我情绪低落,以为我对这次出行不满,表示晚上请我吃烤鱼。我差点告诉她安勇出轨的事,话到嘴边,忍住了。家丑不可外扬。这种事情向男闺蜜吐槽一二便罢了,女人嘴巴信不过,何况身边的熟人。传出去,别人未必同情我,说不定等着看笑话呢。我婉拒了她请吃烤鱼的好意,谎称回婆婆家吃晚饭。中巴车途经西城大厦,我从那里下了车。

驾图盒子告诉我,安勇的车二十分钟以前离开了。

西城大厦是一栋十二层高的写字楼,四层以下是展厅,时常有外地来的商品展销会在这里举行。五层到十二层是办公区域,一些社会团体、文化公司之类的单位在这里办公。我想乘电梯上楼,被门口保安拦住了。他问我找谁,我嗫嚅半天说不出具体单位和名称。天快黑了,站在楼下,仰头看,只有稀稀落落几间窗户亮起了灯。今天周末,大部分单位休息。我凝望那几扇亮着灯的窗户,感觉"时光不弃"就躲在某一扇窗户后面。这个面貌不详的女人像条狡猾的蛇,盘桓在我的婚姻里,时不时吐出黑色的信子恐吓我。

我独自在临街小店吃了一碗油泼面,辣椒油把面条染得像胭脂一样红,绿色的青菜附在上面,宛似红花配绿叶似的。

回到家,安勇正坐在沙发上看电视。他知道我去了青云山,问我吃过晚饭没有。我说,吃过了,许老师请我吃的烤鱼。他问我玩得怎么样。我说，不怎么样，下午就回来了，去了一趟西城大厦。他身体微微一怔，转过头，看着我。你去西城大厦做什么？我听见自己有气无力的声音，我和许老师一起去的，西城大厦有农产品展销会。

失眠的毛病又开始了，常常半夜起来，趴在阳台上，眺望城市的夜景。晚上睡不好，白天昏昏沉沉，伴随着隐约的头痛。青城的冬天就像一个垂暮的老人，死气沉沉。我期盼着这个季节快点过去，春暖花开，阳光灿烂。

我与男闺蜜的精神恋毫无预兆地结束了。前一天还在微信情意绵绵互道晚安，第二天谁也没联系谁。接下来几天，他没出现，我也没主动问候。一周后，他留言说出了趟差。哦，我淡淡回应。出差不是借口，往常他赴个饭局都会殷勤地拍张照片给我看，出差这样的大事怎会不告诉我？我何尝不是如此，以前切菜切破手指都不忘拍照发给他求安慰，现在呢，夜夜失眠，也懒得对他倾诉。迟早会有这么一天的吧，总有厌倦的时候。这种关系脆弱得就像纸浆拧成的绳子，无论看上去多么粗壮，轻轻一拉，就断了。

临下班那段时间最难熬，孩子们经过午睡，精力充沛，活蹦乱跳，教室里喧闹不休。我负责中班教学，吃力地教他们唱一首儿歌。有几个调皮的小家伙不听话，我耐着性子规劝，嗓子都快喊哑了。教室安装了360度无死角摄像头，家长们随时通过手机远程监控着孩子的状况，动辄在微信群指手画脚，怕你听不到，就拨打语音电话。许多老师对家长监控教室不满意，父母手伸得太长，不利于儿童成长。但是，有什么办法呢？幼儿园竞争压力大，为了提高入园率，不得不这么做。

瞅空瞄了一眼手机，驾图盒子推送来几条新消息：

15∶35 我在青城市西城区德胜西街101号启动了，准备出发了！

16∶01 我熄火了，一共行驶13.2公里，耗时26分钟，已经到达青城市西城区南大东街27号啦。

后面附着地图，安勇的车停在夏威夷酒店前院。

夏威夷酒店是一家商务酒店，这个时间，他跑到那里做什么？我拨打他手机，响了几声没人接。直觉告诉我，他正在与"时光不弃"幽会。我请假提前下班离开幼儿园，打了辆出租车直奔夏威夷酒店。路上，我不时查看驾图盒子动态，安勇的车一动不动。

二十分钟后，我到了酒店。安勇的车仍然停在院内，大门左侧第二辆。我暗自松了口气，倘若迎面撞上，那就尴尬了。做贼的明明是他，心虚的反而是我。我再给他打电话，这次总算接了。我问他在哪儿。他说在办公室，解释刚才部门开会，静音，没听到手机铃声。我说，下班想去沃尔玛买东西，你能来超市接我吗？他推脱，你打个车吧，高峰期堵得厉害。哼，我冷笑着挂断了电话。

酒店大厅空荡荡的，几株茂盛的盆栽植物绿得发亮。二层有个环形咖啡区，坐到那里，正好俯瞰大厅。我上去要了杯咖啡，找了个合适的位置，坐下慢慢等。

我像个守株待兔的猎人，苦等了一个多小时，终于等到安勇现身。他没有办理退房手续，而是直接走出大门。不出意外的话，很快能见到"时光不弃"的庐山真面目了。我按捺不住内心的焦灼，站起身。驾图盒子提示安勇的车启动了，径直开走了。奇怪，难道那个女人先走了？不，不可能，我一直窥伺着大厅。刚才出去的只有寥寥几个女人，且都有伴。我笃定那女人还在酒店，为避人耳目，他们故意各走各的。五分钟过去了，十分钟过去了，大厅没有任何人出现。这么等下去不是办法，我离开咖啡区，转身下楼。

楼下大厅，有个男人正在前台办理退房手续。他的背影很熟悉，哪里见过？我的心蓦地跳了一下，感觉身体僵住了，周身冰冷，仿佛罩了一层霜。我看着他办完手续，走出旋转门，迈步下了台阶。我跟跄着追了几步，少顷，一辆炫黄色SUV驶出大门。我给许老师打电话，我问她，李安琪父亲的工作室在哪里？许老师说，好像在西城大厦，具体哪个房间不清楚。我无力地垂下手臂。微信上，"时光不弃"的头像是一片深蓝色大海，原来那就是他的名字，李海。

回家路上，下起了雪。一片又一片雪花从夜空落下来，渐渐稠密起来。打开手机，驾图盒子发来一条新消息：

19：01 我熄火了，一共行驶11.3公里，耗时29分钟，已经到达青城市北山区滨河路 19 号啦。

我点击手机屏上的黄色图标，毫不迟疑地把它卸载了。

路边闪过一只灰色的猫，似乎就是那只被抛弃的流浪猫。它不再对我抱有幻想，而是敏捷地跃过墙头，倏忽不见了。

夏夜的微风 ▎

四年级女生周红梅放学回到家，肚子饿得"咕咕"叫。推开院门，连续喊了几声，爸爸，爸爸，我回来了。没听到应声，父亲还没下班。她摘下脖子上挂的钥匙，打开门上暗锁。进了房间，她扔下书包，跑到厨房找吃的。东翻西找，终于在橱柜角落寻摸到半块硬邦邦的馒头。她捧着这块馒头，仿佛老鼠啃食一般咬了半天，太硬了，舀了瓢凉水把馒头泡进去。硬得像石块的馒头吸了水，一眨眼的工夫，膨胀起来，像一朵胖乎乎的白蘑菇。白蘑菇吃到嘴里，味道怪怪的，如同掺了水的棉絮。她顾不得挑剔，腹中空空，只要能缓解饥饿，就算是木头杈子，恐怕也会被她吞进肚子里。

父亲中午不回家，午饭是周红梅自己煮的一碗挂面。煮好面捞到碗里，切了葱花，加了酱油、醋、盐，搅拌均匀。当时吃得挺饱，不过这东西消化得快，到了下午就饿得前胸贴后背了。其实，不仅仅吃面条如此。甭管晌午吃了什么饭，到了下午放学时间，她都会饿得饥肠辘辘。父亲说，这是因为她正在长身体的缘故。父亲还说，她将来一定和那个女人一样，蹿个大个子。父亲提到那个女人的时候，总是习惯地撇着嘴，乜着眼睛，神情复杂。

父亲嘴里的"那个女人"就是他前妻，周红梅的母亲。周红梅对母亲没多少印象了，只记得她眼睛很大，就像作文书里描写的那样，乌溜溜的黑眼珠，像两颗晶莹的黑葡萄。周红梅是单眼皮的小眼睛，她遗憾自己没长成漂亮的双眼皮。她希望自己的眼睛也能变成双眼皮，经常对着镜子使劲眨。眨一下，再往上翻，翻出一双短暂的双眼皮。

周红梅家在矿区，父亲周贵是一名矿工。矿山坐落在四面环山的低洼处，虽然不大，却也是一家正规的国营煤矿。矿上有子弟学校、职工医院、电影院、集贸市场……连职工带家属少说上万人。矿上井口不少，周贵所在的矿井是"竖井"，竖井的班在矿上被称作"老八点"，就是从早晨八点到下午四五点，一年四季，天天如此。一般情况下，周红梅下午放学回家，父亲就下班回来了。父亲时常从食堂买回现成的"钢砖"、馒头，偶尔还有香喷喷的烧饼、油条。"钢砖"是用玉米面烘烤成的干粮，里面加了糖精，吃到嘴里甜丝丝的。它的形状方方正正，像一块砖头，故名"钢砖"。别小看"钢砖"，它价钱便宜，耐饥，是职工食堂最受欢迎的主食。

周贵是个老实人，但这"老实"有前提条件，那就是不能喝酒。一喝了酒，他就完全变了个人，直眉瞪眼，骂骂咧咧，暴戾粗俗。周红梅有丢三落四的毛病，时不时忘带家门钥匙。忘带钥匙，中午就回不了家，只好到街边小饭馆花一角钱二两粮票吃一碗清汤拉面。以周红梅的年纪，算是同学中的有钱人，身上随时装着几块零钱，或几两粮票。单就这点看，同学们挺羡慕她。他们惊奇地感叹，哟，周红梅拿着两块钱买鸡蛋呢。哟，周红梅手里攥着三块钱呢。在这些不谙世事的孩子眼里，周红梅手里的钱简直是巨款。父亲担心她忘记带钥匙找不到吃饭的地儿，隔三岔五地塞给她几张零钞。没娘的孩子早当家，周红梅手里不缺零用钱，却也一样抠门吝啬。下午放了学，肚子再饿，也要赶回家里吃东西。她清楚自家处境，最要命的，是她没有城市户口，吃的是高价粮。每个月，总有一天，老师会给班里学生发粮票，周红梅只能眼巴巴地盯着看，盯得眼睛都绿了，嘴里都快流出口水了。父亲工资除了养家，还要赡养乡下老人，每个月领了工资先拿出一部分寄回老家。周红梅深知每一分钱的不易，她想方设法把零花钱积攒起来，脚上穿的塑料凉鞋就是自己攒钱买的。同龄的孩子还在处心积虑地从家长手里讨要几个小钱花，她握着他们眼里的"巨款"，从不舍得乱花一分钱。

一、二年级时，早晨上学走得急，忘记带钥匙的次数多。中午随便找个地方解决午饭，下午放了学，总要回家。回了家，免不了抡着小拳头敲门，有时碰巧赶上周贵下了班和班上工友喝多了酒，听到敲门声就不由火起，周红梅就难逃一场厄运。酒后的父亲瞪着布满血丝的红眼睛，踉踉跄跄去开门。然后，像拎鸡仔一样，把她拎进家里。不分青红皂白，拳打脚踢一番。嘴里骂道，让你个挨千刀的死娃子不长记性。骂急了，捎带上周红梅母亲，你这个死妮子跟那个不要脸的女人一样是扫帚星。这时候，慈祥的父亲不见了，取而代之的，是一个凶神恶煞的男人。年幼的周红梅战战兢兢地抱着脑袋缩在墙角，时刻提防父亲暴怒的拳头劈头盖脸打过来。

这两年，忘带钥匙的情况逐渐少了。就算忘带钥匙，她也不会横冲直撞地回家找打。她会在门口徘徊一阵儿，小心翼翼绕到屋后面，踩着砖块透过窗户玻璃窥探家里的动静，判断父亲是否喝了酒，醉酒程度严不严重。如果确定父亲喝醉了，她就背着书包溜到房子前面的缓坡上，找块石头坐下，从书包里掏出课本搭在膝盖上写作业。遇到天气寒冷，好心的邻居会把她叫到家里，暖和暖和冻得僵硬的手脚。等到天色黑透了，父亲酒醒大半，发现女儿没回家，便出门寻找，高一声低一声唤她的名字。这时候，周红梅再回去，顶多听几声训斥，却不会挨打了。父亲每次打了她，都会愧疚、自责。这个性情粗糙的矿工，疏于表述内心的感情，只会在女儿做作业的时候，走过去，长久地抚摸女儿柔软的脖颈，以此来传递一个父亲对孩子的疼爱。周红梅深知父亲爱她，就如同她深深地爱着他一样。

周红梅家是矿上自建房，这里的房子盖得没章没谱，东一榔头，西一钯子，密匝匝挤在山腰上。单身职工在矿上分不到福利房，只有住宿舍的份儿。工作有些年头的矿工想办法把乡下的老婆孩子接到矿上，这样一来，拖家带口，住宿舍不方便。但他们指望不上分房子，只能自行解决居住问题。选址、打桩、砌墙、上梁。既然是自建房，就没那么多讲究。各家各户普遍在农村老家盖有青砖大瓦的正经宅院，那是他们意念中的家园。他们对于自建房要求不高，能遮风挡雨、睡觉吃饭就行。自建房都是大家利用工余时间自行搭建，房子质量良莠不齐。那些屋主是能工巧匠的，房子盖得宽敞明亮。普通人则懒得费心琢磨，凑合垒成个房子形状就罢了。自建房渐渐多了，形成一定规模，虽然不及正规家属区那样又是居委会又是办事处，但也有热心人自发组成了小分会。小分会对于辖区内的治安、环境、卫生起到一定的管理作用。日子久了，矿上的行政后勤收编了这些闲散的分会。这一片属于哪家管，那一片又属于哪家管，一分会，二分会……都分得清清楚楚。

　　周贵属于能工巧匠一族，他们家的房子，无论外表采光，还是结构布局，都还不错。大小三间房，里外套在一起，还带着巴掌大的庭院。那个女人没离开之前，屋里，院外，拾掇得干净利落，夏天种些廉价的指甲花、波斯菊，红红绿绿，煞是惹眼。

　　周红梅的母亲，也就是"那个女人"，名叫李兰兰，比周贵年轻十几岁，原是农村姑娘，一心想往城里奔。虽然只是一座矿山，也强过"面朝黄土背朝天"的农村。就这样，替周贵说亲的媒人一上门，她就点了头。没过多久，周贵就欢欢喜喜把她娶回了家。

　　周贵和李兰兰头挨头往人堆里一站，不知道的还以为，胡子拉碴的周贵是人家姑娘的叔叔辈呢。二十出头的李兰兰结了婚就跟着人到中年的周贵来到矿上，次年生下周红梅。李兰兰勤谨持家，周贵也不懒，夫妻俩有了点积蓄，便找了个地方搭起这座自建房，小日子过得红红火火。

　　遗憾的是，好花不常开，好景不常在。那一年，矿上新开一口井，请来一支南方勘探队。这帮人住在矿上招待所，招待所人手不够，管事的放出话，说招待所要招几个临时工。周贵回家一念叨，李兰兰就动心了，没等丈夫答应，她自己就跑去应征。李兰兰那年二十七岁，虽然已是六岁孩子的妈，但她眉眼俊俏，嘴巴嘎嘣利脆，能说会道，招待所当下同意招她进去做了服务员。周贵原本疼老婆，可到底岁数不饶人，守着这么一个俊俏媳妇，难免不放心。自打李兰兰去了招待所，他便无端猜疑起妻子。李兰兰下班回家稍微迟点，他就恶言恶语盘问，到后来，拳脚相交的情况也有了。若周贵心宽些，肚量大点，由着老婆风风火火出去挣钱工作，这日子还是能过下去的。或者，退一步讲，李兰兰性子软些，辞了工回家安心做个本分的家庭妇女也罢。偏李兰兰也不是省油的灯，好呀，你越不让我出去，我越要出去。她一意孤行，认为自己外出上班没什么见不得人的，与周贵针尖对麦芒，互不相让。就这样，夫妻俩三天一小吵，五天一大架，感情在争争吵吵中一落千丈，安宁平静的日子戛然而止。

不知怎么起的头，婚姻中受了委屈的李兰兰和外面一个男人眉来眼去，勾搭上了。这男人正是来矿上勘探地质的广西籍地质员，人长得又瘦又黑，相貌不比周贵强多少。但人家会哄女人，在女人面前能屈能伸。比较起来，周贵宁折不弯的暴躁性格伤透了李兰兰的心。外面有了人，李兰兰对丈夫的嫌恶愈重了。地质员临走时，挑唆李兰兰跟他一起走。李兰兰思来想去，抱着六岁的女儿哭红了眼。最后，咬咬牙，狠狠心，拾掇了几件衣裳，裹了个包袱跟着广西佬跑了。

事后，周贵也曾靠着矿上提供的地址，一路追到广西佬老家，根本没找到这俩人。这些搞地质勘探的人，居无定所，何况人家刻意躲他，怎啥地方也找不到。就这样，年幼的周红梅失去了母亲，周贵失去了妻子。老婆私奔的丑闻传遍了矿山，周贵和周红梅一夜间成了名人。学校老师见了周红梅，也指指点点，瞧，就是那女孩，她妈跟着南蛮子跑了。

打从一年级开始，周红梅就知道母亲跟着外地男人跑了。尽管她年幼，也知道，有这样的母亲不光彩，母亲的行为是遭人耻笑的。她不敢和同学吵架，无论同桌侵占了她的课桌，还是玩丢沙包、跳皮筋这些小游戏。对方犯了规，她若敢指责，人家就会越过这件事，直击她痛处。"周红梅的妈妈跑流氓，跟野男人私奔了。"矿山的孩子们从小耳闻目睹大人的言行，什么刻薄、下作的话也能说出口。这一切，都令周红梅羞愧难当。在她幼小的心里，母亲是她的耻辱。她恨极了她，恨不得自己不是她生的，恨不得从来没有过母亲。

李兰兰离开第三年，也就是前年秋天，原先来矿上工作过的地质队捎回消息：李兰兰和她的广西男人外出时，横遭车祸，死了。周贵知道了这事，喝得烂醉如泥，搂着女儿呜呜哭泣。酒醒后，他觉得轻松了许多，那顶压在他头上的沉甸甸的绿帽子终于摘掉了。他从心里，原谅了李兰兰。她背叛了他，羞辱了他，却也遭到了报应。对于周红梅来说，母亲的死似乎和她没多大关系。她不懂，她太小了，她要等到许多年后，才会明白，母亲的死对她意味着什么。

周红梅吃完冷水泡馒头，父亲还没有回家。她回到小房间，打开书包，拿出课本，趴在桌上写作业。周红梅勤奋好学，成绩在班里名列前茅。今年"六一"儿童节，她第一次被评为三好学生。她身上穿的天蓝色 T 恤衫就是三好学生奖品，胸前印着"三好学生"四个鲜红大字。别看周红梅成绩出色，往年从没获过三好学生奖。每年评奖的时候，班主任魏老师总是在黑板上罗列出一大串候选名单，挑剔的目光在全班同学身上睃来睃去，想到谁就把谁的名字记在黑板上。魏老师的目光从不在周红梅身上停留，每到这时，她就会难过地把头埋下去，埋得深深的，恨不得钻到课桌下面。候选名单中，有不少同学成绩不及她，可魏老师说，三好学生是多方面的综合评估，不仅考虑学习成绩。言外之意，就是指周红梅综合素质不高。周红梅知道魏老师不喜欢她，嫌她邋遢。有一次，学校检查卫生，魏老师把周红梅拎到讲台上，当着全班同学的面，讥讽她的脖子黑得像一截煤炭。魏老师说对了，就在前一天，周红梅刚刚去后山煤场捡了一下午煤块，全身上下黑乎乎的。矿山孩子们都有拾煤块的经历，就像乡下孩子捡麦穗、谷穗。拾了一大筐煤块，扛回家，擦了脸，洗了胳膊，忘记把脖子也擦洗一下。第二天一早上学，就那样露着黑黑的脖颈去了学校，难怪惹来魏老师不快。小学生们势利得很，魏老师不喜欢脏兮兮的周红梅，大家也都对她爱答不理。她独来独往，灰扑扑的身影就像教室里一块灰扑扑的抹桌布。

周红梅之所以能在今年"六一"儿童节评为三好学生，全因她在全市数学竞赛中得了一等奖。相较而言，教数学的杨老师偏爱周红梅，夸她脑子好使，是学数学的好苗子。为了参加数学竞赛，杨老师特意送给周红梅一件红白碎花的荷兰服。荷兰服是八十年代女学生常穿的衣服，苹果小圆领，有点像苏俄的布拉吉，胸前打着密密的褶子。这件衣服是杨老师女儿替下来的旧衣服，她把它慷慨地送给了周红梅。杨老师担心周红梅穿得寒碜，丢学校的面子，也丢她这个老师的脸。矿区距离市里有一小时车程，杨老师亲自送周红梅去参加数学竞赛。周红梅特别争气，在众多参赛选手中脱颖而出，荣获一等奖。奖品是一个精致的地球仪，还有一张大红奖状。周红梅长这么大第一次得奖，心里别提多美了。周红梅获奖，杨老师受到教育局奖励，学校跟着受表彰，还上了报纸。紧接着"六一"儿童节就到了，魏老师评选三好学生的时候，破天荒地把周红梅的名字列在候选人名单里。魏老师特意表扬周红梅同学在数学竞赛中取得优异成绩，为学校和班级赢得荣誉，她号召大家向周红梅学习。孩子们见风使舵，对老师的话言听计从。老师夸奖了周红梅，他们填选票的时候就填上了周红梅，周红梅荣幸地被评为三好学生。

周红梅作业写得很快，笔尖"沙沙"落在作业纸上。做完数学作业，她开始写语文作业。语文课上新学了一首诗，是一首唐诗：去年今日此门中，人面桃花相映红。人面不知何处去？桃花依旧笑春风。老师布置的作业就是把这首诗抄写三遍，背诵下来。一读这首诗，周红梅不由想到桃花。

距离矿山五里地外，有一座名叫"桃林沟"的村庄，父亲的一个工友住在那里。春天，桃林沟过庙会，父亲带着周红梅去赶庙。桃林沟漫山遍野都是盛开的桃花，美极了。

前几天，父亲告诉她，桃林沟的桃子熟了。他答应女儿，下个礼拜天，调休一天，带她去桃林沟买桃子。去桃林沟买桃子不仅价钱便宜，还可以亲自到桃园摘桃子。她早就盼着这一天了，成熟的桃子味美汁甜，挂在枝头诱惑她。明天是星期六，过了明天，就是星期天。她担心父亲忘记调休的事，一会儿等他回来，记得提醒他。不行，万一自己也忘了呢？她干脆在一张纸上写下"调休"两个大字，放在显眼处。

做完作业了，父亲还没有回来。周红梅抬头望着窗外，夕阳如同橘色的火苗，把屋内的墙壁都染红了。时间不早了，再过一会儿，天就黑了。她无奈地收起课本，去厨房准备晚饭。先用火棍捅开火口儿，火口腾地冒出旺旺的火花。她在火上端坐了一口锅，又往锅里添了两瓢水。从米缸里舀出一碗白米，洗了两遍，倒进锅中。厨房角落扔着一堆蔫头耷脑的青椒，她挑挑拣拣，拾掇出几只，洗净，掏出籽儿，掰成碎片搁进一只空碗。又从屋外的窗台拿回两个西红柿，洗净切碎放进另一只碗里。摘了根葱，剥了两瓣蒜，切好，码到刀背上。这些东西准备好后，她就静静地坐在板凳上等着锅里的米煮开花。

锅里的米"咕嘟咕嘟"煮开了，约莫煮到半成熟，她熟练地用笊篱捞起锅中的米扣进一只搪瓷盆，用铲子把米饭拍匀实，盖上盖，放在火膛边焐着。她把炒锅放到火上，淋了一勺油。等油冒出烟儿，就把葱花蒜瓣一齐爆进油锅，锅内冒出葱蒜的香味，紧接着，青椒片儿和西红柿扔进锅中。接着，盐、酱油，依次放进菜里，翻炒几遍，盖上锅盖焖一会儿。周红梅做的这顿晚餐就算大功告成了。做完饭第一件事就是赶紧封火，灶旁有煤池，用铲子把煤末与少许黄土加水搅拌，趁半湿状态糊住灶口，用火棍捅个小眼儿透气，这样就能防止火膛熄灭。

做完这一切，还是没有等回父亲。她自己拿了只碗，盛了两铲硬硬的米饭，又用筷子扒拉到碗里一些菜。她独自吃完饭，将碗筷泡进碗池。她想，父亲马上就回来了，等父亲回来吃了饭，再一并洗碗刷锅吧。

晚饭后的周红梅百无聊赖，她打开桌子上笨重的收音机。收音机音质不好，杂音大，播报节目时断时续。她兀自在桌边呆坐着，上下眼皮开始打架，倦意一阵阵袭来。她强打精神开门去院里转悠，抬头望，夜空挂着一轮皎洁的月亮。她原本打算洗一下身上这件穿脏的T恤，低头看了半天，幸福地抚摸了一下胸前印着的"三好学生"字样。惰性打消了她洗衣服的念头，再穿一天，明天晚上洗吧。假如星期天去桃林沟的话，正好可以穿干净的了。

她推开院门，探出头，外面静悄悄的。她走到前面的缓坡上，望着远处灯火闪烁的矿山，父亲就在那里工作。兴许，父亲在加班，这样的情况不是没有过。索性不等他了，她返回房间，往脸盆里舀了两瓢水，泡湿毛巾，打着香皂，把脏兮兮的脸蛋，还有胳膊擦洗了一遍。她没有忘记洗脖子，自从那回被老师和同学讥笑过她的黑脖子后，她再也没有忘记洗脖子。她认真地用擦了香皂的湿毛巾反复搓洗脖颈。之后，脱下塑料凉鞋，把两只脏兮兮的小脚泡到水里，用手指抠摸揉搓半天。洗完后，盆里的水已成一盆黑水。周红梅就用这盆黑水顺带把凉鞋刷洗了一遍，她不悦地发现有一只凉鞋后跟的带子断了。这根带子断过一次，父亲用打火机烤化后把它们捏连在一起，绿色凉鞋留下焦黑的烧灼痕迹。周红梅看着鞋子的裂口，有点气恼。等父亲回来，她要嘱咐他再接一次。期末考试快到了，接下来是漫长的暑假。她忧心忡忡地看着这双凉鞋，担心它挺不过这个漫长的夏天。

十一岁的周红梅洗漱干净，把盆里的脏水泼到院子。关掉收音机，进了自己的房间。她疲倦地脱掉衣裤，躺在床上，不忘在身上搭了一条毛巾被。很快，她就睡着了，鼻翼微微歙动，鼻间发出均匀的呼吸。她做了一个梦，梦中，父亲带着她去了桃林沟，桃树枝头挂着一只只硕大、诱人的桃子。隔一会儿，桃子忽然不见了，桃树上依旧开满了桃花。一丛丛，一簇簇，粉艳的，妖娆的桃花。一丝丝，一缕缕，纠结成一团团，一片片绚烂缤纷的色彩，铺天盖地迎向她。真美呀……她情不自禁地在梦中发出咯咯的笑声。

此时，沉浸在睡梦中的周红梅怎么也不会想到父亲所在的矿井发生了严重的塌方事故，父亲和三十多名矿工一起困在一百五十米深的井底深处，永远，永远出不来了。一阵微风吹开了院门，吹开了房门。这温柔的，夏夜的微风，停留在十一岁女孩周红梅的床前，它轻轻地绕了一个圈，打了个摆，走了。

梅君 ▌

一

　　我是红星木材厂的退休职工，以前住在木材厂家属院。后来，房产商购买了我们厂的地皮，盖起了这座花园小区。我一个单身汉，幸运地分到一间公寓，虽说这间公寓是楼层里最小的，却也是两室一厅，面积有六十多平方米。

　　厂子没落多年，早就发不出工资。职工有门路的找门路，没门路的打零工。我呢，靠推着三轮车卖菜为生。没想到，厂子破产后，境况反而好了，按照国家安抚破产企业退休职工政策，我的工资改由社保中心发放。每月十五号，退休金准时打到我的工资卡上。没有了单位，心里却比原先有单位的时候更踏实。

哦，对了，我是个瘸子，这里的人都管我叫瘸老头。

我已在这座小区居住了十年，一个七十多岁的孤老头子，腿有点毛病，但手里有一份稳定的退休金，还有一处房产。这在外人眼里，还是有些诱惑的。不知从哪天起，原本不被人注意的我，忽然成了香饽饽。时不时有丧偶或离异的中年妇女接近我，嘘寒问暖。她们说："老黄，你老了，找个伴与你共度余生吧。"我笑着，摇摇头，告诉她们："一辈子都这么过来了，不习惯身边再多个人。"她们依旧不甘心，有的包了饺子，给我端一碗；有的炸了油糕，给我送一盘。这些久违的家常饭菜温暖了我的肠胃。可是，我内心十分清楚，这表面的温情只是一层轻薄的面纱，面纱之后是赤裸裸的利益。她们觊觎的，不过是我的房子和退休金。这一切，我心知肚明。

有个女人名叫赵彩花，四十出头，丈夫勾搭上别的女人，与她离了婚。她原是一家国营商店的售货员，商店承包给个人经营后，她下岗了，每月只领取一笔微薄的生活费。离婚时，儿子判给了父亲，房子也给了丈夫，她独自回到娘家。不想，儿子依赖惯了母亲，经常哭哭啼啼地跑去找她。日子久了，母子俩难免受到娘家人的嫌弃，恨不得把他们推出手，到处托人给她物色对象。就是在这样的情形下，赵彩花被她家一个亲戚带到了我面前。

赵彩花皮肤暗黄，脸盘窄小，颧骨两侧有一对对称的蝴蝶斑。她的身体却是丰腴的，胸前托着沉甸甸的乳房，紧身毛衫衬得胸脯挺拔高耸。听介绍人讲完她的遭遇，我动了恻隐之心。我已是一副残躯，留在这个世界的年头不多了。不如给这对母子一个温暖的家，而我自己，也多一个养老送终的晚辈，倒也不失为一桩好事。

我默许了与赵彩花的关系，邀她常来家里坐坐。赵彩花一天往我这里跑几趟，做饭，收拾房间，洗洗涮涮，偶尔还把儿子叫来一起吃饭。有一次，她烧了两个菜，一个青椒炒肉，一个豆腐菠菜。她想让儿子多吃肉，肉片几乎全都倒进了儿子的碗里。这都罢了，母亲疼爱儿子是天性，我不能指望她对我的关怀超过她对待自己的儿子。吃完饭，赵彩花进厨房洗碗，她儿子坐在沙发上看电视。我问他："你多大了？"他说："十五。"我多了句嘴："在学校一定要听老师的话，好好学习。"他听了我的话，居然翻了个白眼，小声嘀咕："管得宽。"我顿时尴尬地住了嘴。这孩子，怎么连起码的尊重与礼貌都没有？他以为我是什么？我不敢求他对我有感激之心，但也不能在我家里，对我这般无理吧？我仿佛已经看到和赵彩花结婚的后果，那是一条泥泞的小径，曲折晦暗，前景不明。

赵彩花提出与我办理结婚手续，我原是答应了的，现在又忍不住观望，犹疑。

那天晚上，赵彩花自作主张在我家里留宿一夜。虽然她睡在另一个房间，虽然从始到终，我没有碰过她一下。况且，我这把年纪也不能把她怎么样。第二天，她仍然忸忸怩怩地让我给她一个说法。她说："老黄，你得给我个交代，我不能不明不白地跟着你。"我问："怎么不明不白了？"她说："难道你不想对我负责任吗？"天呢，我怎么她了，要对她负责任？看她那副饱受委屈的样子，我心烦意乱。唉，既然揽下了这桩麻烦，索性好人做到底，便答应次日与她办理结婚手续。

第二天，我感冒了。赵彩花来了以后，我正躺在床上。我说："我感冒了，今天怕不能与你去办理结婚手续，只好等改日了。"

她伸手探了探我的额头，问："吃药了吗？"

我答："吃了。"

"吃了药就没事了，感冒不是什么大病，我们还是去吧。"她竟然拖我胳膊，想把我从床上拽起来。

"那怎么行，我都这么大岁数了，万一有什么闪失，岂不是更麻烦？"她的行为惹恼了我。一想到，家里凭空多出一个女人和一个不听话的半大小子，我心里乱蓬蓬的，不是滋味。

赵彩花无视我的不悦，继续殷切地说："我特意看了黄历，今天是个好日子，我们不要错过这个好日子。我给你叫个出租车，办事处不远，办完手续，很快就回来了。"

这简直是赶鸭子上架嘛，她越表现得迫不及待，我心里越不舒服。我执意不去，不客气地挥挥手："不行，我病了，想一个人安静地躺一会儿，你走吧。"

见我这样，她也没辙。她走的时候，我正盖着毯子躺在床上假寐，临出门，她回头看了我一眼。就在这个当口，我睁开了眼睛。一瞬间，我看到这个女人用极其憎厌的目光盯着我，见我忽然睁开眼，她吓了一跳，仓促间，来不及变幻表情。我忍不住打了个寒噤，那一刻，我打定主意，绝对不能和她成婚。

我以为我们心照不宣，她不会再上门了。可是，我想错了，那之后，她依然三番五次、不厌其烦来家里。仍旧一副可怜兮兮无处容身的样子，向我哭诉。我明确告诉她，我年龄大了，不适合再婚。对前一阵自己的承诺，我是这样解释的，我说："我原本想帮助你们母子，但我发现自己习惯了单身生活，接受不了家里出现第二个人，请你理解原谅。"

赵彩花低三下四地说："习惯是可以改变的，我会好好伺候你。"她一次又一次上门求我，我差点就心软了。可是，一想到那天生病时，她盯着我的目光，我就不寒而栗。我劝她："你还是找个年龄相当的男人吧，我太老了，不适合你。"

"现在才说不适合，那你当初为什么答应我？"

"我早就说过了，我压根没有想找女人，我原想帮助你们母子的，只是……"

她终于失去了耐心，原形毕露，歇斯底里地叫骂起来："你这个老流氓，占了我的便宜，现在想甩手了？我告诉你，没那么容易！"

看她露出真面目，我反而踏实了。"好吧，你去法院告我吧，我等着警察来抓我。"我也是经历了七十多年风风雨雨的人，难道轻易会被她吓倒？我不客气地挥着拐杖把她赶出房门，任凭她在外面吵嚷叫嚣。她气急败坏，口不择言："你以为你是什么，你个瘸老头，你以为我想嫁给你吗？你配得上我吗？你给我提鞋都不配。你不识抬举，还给我拿架子。呸，你配吗？你说你配吗？"

她说着说着声泪俱下，似乎我对她犯下了不可饶恕的错误。左邻右舍听到了，纷纷涌出来瞧热闹，一时间，我被这个女人搅得无地自容、百口莫辩。

那之后，任何女人试图接近我，任何人试图给我介绍对象时，都被我断然拒绝。我怕了，再不想给自己招惹是非了。

四月十六是我七十三岁的生日，七十三岁是个坎。老话说，七十三，八十四，阎王不请自己去。我不迷信，但还是想给自己过一个像样的生日。

生日那天，我饶有兴致地烧了几个小菜，买了一瓶竹叶青，煮了一碗长寿面。

我请老刘来家里与我一道过生日，老刘与我住在同一栋楼，以前我们是红星木材厂的同事。老刘老伴是个四川女人，会腌泡菜，家里阳台上挨个一排大大小小的泡菜罐子。我家里一年四季不缺泡菜，这都是热心的老刘送给我的。

老刘敲开门的时候，手里拎着一盒花里胡哨的奶油蛋糕。我客气地说："这就见外了，买这么个劳什子做啥？"

老刘说："这是第一次给你过生日，怎么着也应该吃个蛋糕。我每年生日，儿子闺女都要给我买蛋糕的。"

我笑呵呵地奉承老刘："还是你有福气，我这光杆司令没有你的儿孙福。"

和尚面前不提秃子，老刘却喜欢在我面前显摆儿子闺女如何孝敬他。我不在意他说这些，各人有各人的福，各人有各人的命。老刘儿子买商品房钱不够，回家逼着老两口要钱，他也曾捶胸顿足对我哭诉。那时候，他反而拉着我的手，推心置腹地说："老黄，子女都是前生的债，还是你好啊，一个人清清净净，无牵无挂。"

老刘把生日蛋糕放在桌子中央，煞有介事地点亮蜡烛。看着面前闪烁的烛光，我禁不住老泪纵横。老刘辛酸地说："老黄，你大概从没吃过生日蛋糕吧，以后，你每年过生日，老哥都给你买个蛋糕。"

我伸手抹一把脸上的泪，连声说："见笑了，见笑了。"

老刘不知道，在我漫长的人生中，这是第二次吃生日蛋糕。只是两次间隔太久，距离上一次，已经过去了五十八年。

老刘问："从来没有见过你的亲人，你还有什么亲人吗？"

我摇摇头："没有，一个都没有。"

"你父母什么时候去世的。"

"新中国成立前就去世了。"

老刘好奇地问："'文革'时，厂里批斗你，说你是反革命后代，还打折你的腿，最后，斗来斗去也没斗出个长短，你父母究竟是做什么的？"

"我也不清楚，我父亲可能参加过国民党。"我闪烁其词，关于历史往事，我一向讳莫如深。

"怪不得。"老刘嬉皮笑脸。

我没有在意老刘的说笑，我的思绪回到了五十八年前，黄府公子黄少钧十五周岁的生日宴席上。

对，没错，黄少钧就是我，我就是黄少钧。

二

我的曾祖父曾是前清翰林学士，后弃官回乡。我的祖父学医出身，一生悬壶济世，治病救人。到了我父亲这一辈，他的理想却是做个军人。他违拗了祖父的意愿，弃医从戎。父亲毕业于闻名遐迩的黄埔军校，时任国民党军政处上校参谋。记忆中，父亲极少在家。我见过他身穿军装的样子，长身玉立，英姿飒爽。我记得母亲望着父亲的表情，两只眼睛水汪汪的，如同掬了一捧水，满脸痴迷。

我的外祖父是扬州一家经营丝绸工业的资本家，母亲十七岁时，就吃遍了扬州城大大小小的餐馆，逛遍了扬州城形形色色的娱乐场。在父母的娇宠下，她飞扬跋扈，不可一世，直到遇见我父亲。父亲的出现，收敛了母亲乖戾的性格。爱情可以使一个女人一夜之间长大，母亲就是这样。

我的父母究竟是怎样相遇并且相爱的，我一概不知。只知父亲在扬州城执行公务时，邂逅母亲，二人一见钟情。不久，母亲随军北上，嫁给了父亲，做了黄府大少奶奶。

据说，父母结婚的场面盛大奢华。母亲没有像普通新娘那样乘坐花轿，而是与父亲并肩骑着一匹高头大马，身穿鲜红绸缎裁剪成的西式骑马装，斜戴着一顶宽边沿的红色礼帽，昂首踏进黄府大门。

幼年的我，锦衣玉食，花团锦簇，享尽人间的荣华富贵。

有一个夜晚，院里乘凉，我仰头望着夜空，突发奇想，想要摘下天上的月亮。我又哭又闹，不依不饶，众人拿我没辙，母亲急了，伸手甩我一个巴掌。就因这一个巴掌，祖父大动干戈，对母亲好一番训斥。受了委屈的母亲回到房里"嘤嘤"哭泣，我知道自己惹了乱子，拿着一块手帕递到母亲手里，我老老实实地说："妈妈不哭，我错了，再也不要月亮了，其实我知道月亮是摘不下来的，我是故意耍赖。"母亲破涕为笑，一把搂过我，伸出一根手指直戳我的额头，骂道："你这个坏崽，真是可恨。"

母亲带我来到院子里，她嘱丫鬟提来一盆清水，让我低头看那盆水。她问："乖宝，你看到什么了？"

"哦，"我欢呼起来，"是一个黄澄澄的大月亮。"

我伸出两只小手朝水盆抓去，月亮顷刻碎了。母亲说："月亮看得见，但摸不着。"母亲又说："乖宝，你要记住，这世上，并不是所有东西都能据为己有，是你的就是你的，不是你的，抢也抢不来。"

这句话，我一直记到了今天。母亲想告诉我，做人不能贪得无厌。母亲多虑了，我的大半生，落魄如同丧家犬。"贪得无厌"四个字，距离我太远了，远得就像天上的月亮。

十五岁那年，我在一所男女合校读中学，男生与女生不在同一个班级。女生班级里，有我认识的一个女生，她叫沈梅君。她的父母刚刚带着她从法兰西回国，与我母亲是好友。

沈梅君在学校穿白色短衫，藏蓝色裙子，清新朴素。但是，她不在学校的时候，打扮得十分时髦。她穿大翻领洋装，领边缀着朱红流苏，前襟挂满明晃晃的珠片。她的腿上常常是各种颜色相间的裙子，像彩虹一样绚烂。

沈梅君只有十五岁，已经发育得高挑饱满。她穿的衣服都是从法兰西带回来的，别看她小小年纪，却已经和她母亲一道引领一个阶层的时尚潮流。她身体丰美，脸庞却是瘦削的瓜子脸，鼻峰小巧，嘴唇轻薄，一排密匝匝的长睫毛，模样俏丽。

在学校，她眼睛生在额头上，眼神斜睨，刻意做出大家闺秀的矜持与骄傲。许多男生的目光追逐着她，她不屑一顾。若是不知底细的，以为她满脑子的智慧与城府。然而，我知道，她就是一个不谙世事的小丫头。她的表相，都是按照她母亲的意愿伪装出来的。

在学校，男女生互不说话。出了学校的门，她一路跟着我，喊我的名字："黄少钧，等等我。"

"有什么事吗？"

"我妈妈说你要过生日。"

"是的。"

"我妈妈问我给你带什么礼物好，我说送你一个生日蛋糕吧。"

"我过生日从来不吃蛋糕，我爷爷反对，说那是洋人的玩意儿，我们家从不崇洋媚外。"

"可是，吃生日蛋糕可以点蜡烛，点蜡烛就可以许愿。"

"怎么许愿？"我有些好奇。

"吹蜡烛的时候，心里偷偷许一个愿，这个愿望就能实现。"

"喔，这样呀。"我不由生出几分期许。

沈家做事一派西洋风范，我爷爷看不惯。但是，我不讨厌沈家，沈家的地板是白色的，家具是白色的。沈家的窗帘层层叠叠，沈家有钢琴，花园里有秋千。沈家的餐具也与我们家不同，杯杯碟碟，刀刀叉叉，新颖别致。

生日那天，沈梅君同她父母一道早早就来了，她手里果然拎来一盒包装精致的大蛋糕。

隔着五十八年，我似乎又看到了那天的场景。点亮蜡烛的时候，沈梅君带头唱起了生日歌，那是我第一次听到别人为我唱这支曲子，按捺不住激动与兴奋。蛋糕是沈梅君拿来的，在我眼里，更显不俗。我喜欢这个漂亮姑娘，而且我知道，她就是我未来的妻子。大人们什么也没有说，眉间眼底却都传递过这样的信息。

遗憾的是，吹蜡烛的时候，我忘记了许愿。我沮丧地对沈梅君说："我忘记许愿了，错过了这次机会，还要再等一年。"

"没关系，一年很快就会过去。"她安慰我。

我们谁也不知道，错过了这次许愿，我还要等上漫长的一个甲子。

不喜崇洋媚外的祖父宽容地由着我们性子玩闹，他甚至也吃了一口递到他嘴边的蛋糕，然后，摆摆手说："太腻了，太腻了。"母亲微笑着招呼宾朋，然而，父亲却显得心事重重。

男人们围着父亲谈论时局变化。女人们一如既往，花枝招展，争相展示华丽的服装，炫目的首饰，玲珑的水钻。她们聚在一起，研究衣服的质地，攀比价格。战争的枪声逼近了，我们依旧没心没肺，毫不自知。

　　过完生日，父亲就离开了。走的时候，他特意把我叫到书房，他说："少钧，你已经是个大孩子了，凡事要有自己的主意和主张，做事情要用脑子。"

　　"记住了。"我点点头。

　　"要听爷爷和你妈的话。"

　　"好的。"

　　"在家里，安心读书，世道很乱，不要往外面跑。"那时候学校已经停课了。

　　"世道为什么越来越乱呢？"

　　"这个……你还小，不要问那么多。"父亲拧着眉头。

　　告别的时候，父亲拉着我的手走到大门口，母亲紧随其后。彼时，我尚不知道，那是我们一家三口最后的相守。很快，我的世界就像传说中的乾坤大挪移，完全变了。

　　父亲阵亡的消息传来，年迈的祖父经不住打击撒手人寰。而母亲，我母亲是个不寻常的女人，她不相信父亲死了，无论旁人怎么劝解，她都不相信父亲死了。她执意要去寻找父亲，谁也阻止不了她的决定。她眼神变了，硕大，空洞，令人害怕。掌管家事的只剩下叔叔与婶婶，他们派人一天到晚看守她，然而，她还是趁一个空隙逃走了。

　　在那兵荒马乱的年代，我的母亲不是疯了，就是死了，我再也没有见过她。

叔叔和婶婶做好了去香港的准备，我们一行人携带行李去了码头。叔叔让我们等着他，他不知去了哪里。等了很久，他回来了，他忧虑地说："原以为找熟人能买到船票，可是不行，我们缺一张船票。"叔叔说这话的时候，表情复杂。他不住地搓着双手，一会儿看看我，一会儿看看婶婶。婶婶一声不响，两只手臂紧紧搂着我的堂弟与堂妹。他们年幼，听不明白大人的话，可是，我听懂了。船票不够，我们中的一个人要留下来。他们任何一个都不能留下来，那么，只有我，只有我可以。我没有犹豫，我说："让我留下来吧，你们先走。"

叔叔听了我的话，眉头一松："好孩子，叔叔一到香港，安顿好他们母子就想办法回来接你，你安心等着。"我点点头。

婶婶从包裹里翻出一卷钞票塞到我手里，叔叔伸手制止，他低声呵斥："物价已经涨得离谱了，这些钱什么也买不到，何必拿这个糊弄孩子。"

叔叔解开行李，拎出一只沉甸甸的布袋，他不放心地挂在我胳膊上，反复叮咛："千万要收好，千万要收好。"

"这里面装的是什么？"叔叔附在我耳边，小声说："两根金条。"

码头上到处都是人，熙熙攘攘，人头攒动，我隐约听到有个声音在喊我的名字："黄少钧，黄少钧。"

循着声音望去，是沈梅君。她已经上船了，站在船栏边，旁边是她的父母。她雀跃着向我们挥手，我回应她，也向她招手。她一定以为我也要上船，可是，她不知道，我走不了，我没有船票。

叔叔婶婶一家上了船，沈梅君发现没有我，跑过去急切地询问，大约得到了答案。她明白了，我上不了船，我走不了。她顺着夹板向岸上跑，她父母急了，一迭声地喊她的名字。"梅君，梅君，你疯了，你快回来！"她就像没有听见一般，继续朝岸上跑。

就在这个时候，甲板上的铁链松开了，船就要起航了。沈梅君纵身一跳，跨上了岸。守卫的士兵大声斥责她，你不要命了！她母亲扶着栏杆绝望地呼喊，她回头，对着父母的方向。她大声地喊道："妈妈，我要同黄少钧一道留下来。"

船渐渐离岸，她父亲与我叔叔的声音一齐传过来："孩子们，耐心等着我们回来。"

那只载满乘客的，庞大的船只渐行渐远，像展开翅膀的大鸟。它载着我过去的生活，与我一刀两断。

还没有离开码头，叔叔给我的钱袋就被人抢了。我边追边喊："有人抢我的东西，有人抢我的东西……"周围全是麻木不仁的看客，他们司空见惯，对我的求救不予搭理。眨眼间，就看不到那个贼人的影子了。

我哭丧着脸，牵着沈梅君的手回了家。佣人们都已遣散，偌大的府邸空空荡荡。到了晚上，寂静无声，漆黑一片。我俩守在房间，依偎在床角。她说："黄少钧，我害怕。"

我说："别怕，有我呢。"

"我饿了。"

"忍一忍，天亮了，再去厨房找点吃的。"

长夜漫漫，我们就那样靠在床头，忍饥挨饿，相拥着沉沉睡去。第二天，阳光照进房间，庭院又是一片光明景象。植物依旧青翠欲滴，葳蕤茂密。睁开眼，好像什么都没有发生，一切还是老样子。可是，可是，我鼻子一酸，眼泪夺眶而出。我知道，都变了，什么都变了，一切的一切，都变了。

我推醒沈梅君："走，我们一起去厨房煮饭。"

"我不会。"

"我也不会，可是，我们必须自己照顾自己。"

厨房里一片狼藉，翻找了半天，什么食物也没有找到，佣人们离开的时候把这里哄抢一空了吧。

我无奈地看着沈梅君，我问："怎么办？"

她挽起我的手说："走，去我家看看，我家房子有人看守。"

出了门，隐约听到枪炮的声音。家家户户，房门紧闭。沈梅君的家在城西，有一段很远的路。电车停了，黄包车也看不到，我们疲惫地走了很长时间，终于到了沈府。然而，远远地，我们就失望了。一把巨大的铁锁挂在两扇门之间，纹丝不动。

这时候，我们才感觉到了恐慌，我们被这个世界抛弃了。肚子饿得"咕咕"叫，可是，到哪里去找食物呢？还是沈梅君勇敢，她敲开附近一户邻居的门。对方自然认得她，客气地叫她沈小姐。她说："我爸爸妈妈去香港了，他们过一阵就回来，你能不能先给我们一点吃的东西。"

对方狐疑地看看我，又看看她，问她："你不是跟你爸爸和妈妈一起走了吗？"

"是的，但是我又回来了，我没走。"

"你这孩子，不跟父母一起走，留下来怎么办？"

这户人家给了我们一袋面饼，匆匆打发我们走了。

"你现在一定后悔了，跟你爸爸妈妈一道走多好，偏要留下来。"我说。

"后悔？我为什么后悔？你是不是嫌我烦了，嫌我跟着你，给你添麻烦？"沈梅君一边啃着面饼，一边质问我。

"我哪里会嫌你烦，要是没有你陪着，我还不如死了呢。"我边抹眼泪边说。

大街上，有人张贴标语，上面写着"欢迎解放军进城"。我对沈梅君说："看到了吧，因为解放军要来，我叔叔还有你爸爸妈妈他们才跑去香港的，他们大概再也不回来了。"

"不可能，他们怎么会撇下我们呢？"

"怨不得他们，他们想回也未必能回来。"一夜之间，我似乎拥有了洞察世事的本领。

"为什么解放军一来，爸爸妈妈还有你叔叔婶婶就要走？"

"不知道。"

"解放军会不会抓我们？"

"这个，我也不知道。"

解放军当天就进城了，父亲就是与解放军打仗阵亡的，我对他们既恨又怕。黄府的大门不知什么时候挂上了锁，我与梅君流落街头，与无数流浪的、无家可归的人混在一起。我最常问她的那句话还是："你后悔吗？"她总是义无反顾地回答："我为什么要后悔？只要和你在一起，我就不后悔。"我多么依赖她，感谢她。如果没有她陪着我，只怕我没有勇气活下去。

梅君比我坚强，比我乐观，她总是乐呵呵地说："总有一天，我们会与爸爸妈妈团聚。"

我天天带着她往码头跑，梦想与她离开这里，梦想去香港。有一次，我们得逞了，混进了船舱，经过几天漂泊，船靠岸了。然而，不是香港，是个完全陌生的地方。我们在那座城市待久了，又浑水摸鱼乘火车离开。

一年又一年，漂泊流浪中，我与梅君长大了。最后，停在了一座小镇。这里青山绿水，空气宁静。我们在半山腰找了一处破败的、无人居住的房子安家，慢慢学会了烧火、煮饭。我向周围的农人学习开荒种地，靠给需要帮工的人家打工讨点粮食。生活的磨炼教会了我很多东西。可爱的梅君也一样，她像当地的农妇一样，头顶一块方巾，下地干活。

我们相依为命，贫寒孤苦，却也苦中有乐。梅君就是梅君，她是在岩石缝里也能生长的植物。在她身上，完全看不到昔日的富贵。我最常问她的那句话依然是："梅君，你后悔吗？"她立刻扬起一张灿烂的笑脸，坚定地说："和你在一起，我不后悔。"

我需要她这句话，天知道，我心里时时对她充满愧疚，仿佛自己是个恶人，一手毁掉了她的人生。

我知道，她仍然没有放弃寻访父母的希望。她说："等着吧，总有一天，我们会与他们相聚。"她抱着这样的幻想，却又心甘情愿地面对现实，与我厮守。

我不再抱怨命运，它从我手里夺走的，又换了另一种方式还给我。

谁知道，冥冥中，不幸又降临到我们头上。梅君怀孕了，本是一件喜事，却因身体不适发起高烧。为了给她治病，我在村人指导下，上山挖茯苓，拿到镇上卖，换钱给她治病。

我带她下山，去镇上找医生。途中，我们遇到了无赖，茯苓被抢了。不仅没卖到一分钱，还挨了打。我气疯了，一想到梅君无法看病，就不顾她的劝阻，冲上去与这几个无赖拼命。人单力薄，我怎能打得过他们？梅君不顾一切扑过来，扑在我身上。她想保护我，她怎么那么傻呀，他们的拳脚全都落在了怀着身孕，又患病发烧的梅君身上。

梅君流了好多好多的血，她的血染红了裤子，她的血源源不断地流出来，她的血快要流干了。我惊慌地抱着她，一路跑着，跌跌撞撞去找医生。她的脸越来越苍白，呼吸越来越急促。我哭着说："梅君，我不能没有你，我不能没有你，求求你，梅君，不要吓唬我，我不能没有你。"

我哭着求医生救救她，可是，梅君失血过多，医生也救不了她。她躺在病床上，虚弱地张着嘴。我把耳朵贴过去，她艰难地说："活下去，无论如何都要活下去，好好活下去，否则，我不能饶你。"

这是梅君留给我最后的话，我握着她的手，痛不欲生。我哭着说："梅君，我听你的话，我一定活下去，好好活下去。"

梅君听我说完，嘴角轻轻一挑，永远离开了我。

梅君死后，我的天就塌了。几天几夜，躺在床上，不吃不喝。我经常看到梅君的身影，床前，门后，灶台边，桌子旁，到处都是她的影子。她忧心忡忡地望着我，有时候，我还能听到她说话，她生气地说："你怎么这样不听话，忘了你的保证了？忘了我说的话了？"

我张张嘴，喊她名字："梅君，你不要离开我。"可是，梅君不理我，她只是生气地看着我。

附近村民救了我，他们煮小米粥喂我。他们劝我："生死有命，富贵在天，人死不能复生，你媳妇看到你这样子，她在九泉之下也不得安宁，你忍心吗？"

就这样，我又活了过来。

我决意替梅君报仇，我一而再，再而三地去镇上告状，那几个时常在三邻五乡搅扰闹事的无赖因为梅君的事，被政府逮捕了，其中为首的执行了枪决。

镇上修建了许多工厂，招来了大批五湖四海的工人。小镇向外围扩展，改了名称，成了一座新兴的城市。我通过招工去了一家木材厂上班，木材厂有个朗朗上口的名字：红星木材厂。

有时候，我在梦里会见到梅君，她笑盈盈地说："少钧，这样挺好，为了我，好好活着吧。"

"好的，梅君，我听你的话。"

清静的日子过了几年，翻天覆地的运动又来了。我是第一个被厂里造反派揪出来的，他们让我交代问题，可是，我交代什么呢？我没有什么可交代的，我只有沉默。在一次批斗会上，他们面对我的沉默恼羞成怒，有个造反派操起一根沉甸甸的铁棍，狠狠砸在了我的左腿上。一阵钻心的疼痛，我晕倒在地，不省人事。

腿伤好后，我就成了瘸子，走路一瘸一拐。造反派大约觉得在我身上挖掘不出有价值的情报，对我的批斗停止了。瘸了腿后，我不能到车间干活，只好每天打扫卫生。

寒来暑往，斗转星移。我莫名其妙戴上的反革命帽子，又莫名其妙地被摘掉了。厂里不仅给我补发了工资，还分了家属院宿舍给我。我的工作变成了看守大门，每天待在传达室，收发信件，分分报纸，接接电话。我老了，新进厂的年轻人都管我叫瘸老头。

有一次，派出所有个民警找我，他拿着一张报纸，恭恭敬敬地问我："您叫黄少钧吗？"

"是的。"我告诉他。

"请问这则寻人启事是找您的吗？"他把报纸递到我手里。我从抽屉里摸出老花镜，戴上，展开报纸，只见寻人启事一栏里写着：黄少钧，男，1933年出生，失散时只有十五岁。其父黄祖坚，曾任国民党军政处上校参谋。其母夏炳蕊，扬州人氏。如本人见此启事，请速与本报联系，您的亲人时刻盼望与您团聚。有知其下落者，也请速与本报联系，必有重谢。

我认认真真看了两遍，平静地说："这个黄少钧不是我。"

"不是你？"民警显得很失望。

"是的，不是我。"

"您再好好想想，这是台湾亲属刊登的寻人启事，如果搭上这层关系，您就发了。"

我白了他一眼，不高兴地说："不是就不是，总不能假冒吧？"

民警走后，我的眼睛湿润了。颤抖着手从裤兜掏出一块手绢，擦了擦眼窝。我不知道叔叔与婶婶是否还在世？倘若在世，必是他们在寻我。若是他们不在了，必是临终前嘱托子女找我的。叔叔后半生，一定是带着对我的无限牵挂度过的。可是，隔了这么久，还有团聚的必要吗？见了他们，我说什么呢？还有梅君，她的亲人一定也在寻访她。我没脸见她的亲人，我怎么对他们交代呢？

人生已经走成了一盘死棋，相见不如不见。

三

十五岁那年生日，我忘记了许愿。这一个生日，我总算记住了。面对闪烁的烛光，我在心里默默地说：如果有来生，希望还能娶沈梅君为妻，让我好好照顾她，爱惜她，保护她。今生欠她的，来生偿还给她。一支支蜡烛垂泪燃烧，它们似乎明白我的心思，也在为我哭泣。

老刘在一旁催促："老黄，愣什么，快点吹蜡烛，蜡液都滴到蛋糕上了。"我这才回过神，"噗噗"吹灭了蜡烛。

吃完饭，老刘与我一道出门理发。正逢周末，常去的理发店人满为患，椅子上等着好几个顾客。老刘不耐烦地拉拉我的袖子，说："咱们换一家看看。"

我们沿着街道向前走，我很少有闲心逛街。路过一家商店，我对老刘说："天气热了，我想买一件衬衫，你陪我进去看看。"

"我还从来没有自己买过衣服呢，都是闺女和老伴替我置办。"老刘又在我面前显摆。

"我不能和你比，我不买，谁给我买？"

"嘿嘿，我说老黄啊，我听说不少女人想嫁给你，你何必那么死脑筋，娶个老婆回去暖暖被窝，熬口热汤，多好啊。"

"你这家伙，少拿我开心，一辈子都过来了，我可不想给自己添麻烦。"说到这儿，我想到了赵彩花。哪壶不开提哪壶，老刘偏往赵彩花身上扯，他小声地凑到我耳边说："喂，找你闹事的那个女人，到底怎么回事？街坊们都说，你把人家睡了，又不要人家了。"

"呸，我老黄明人不做暗事，我是那种人吗？"

老刘见我生气了，赶紧顺着我的心思安抚："就是，就是，我早就对他们说了，瘸腿老黄不会做那种事，是那个女人不要脸，再说了……"老家伙狗嘴里吐不出象牙，"老黄都多大年纪了，只怕心有余，也力不足了。"

我捶他一拳："去你的，少胡说八道。"

老刘又问："你老婆好看不好看？"我曾经告诉老刘，我有过老婆，怀孕流产死了。

我一本正经地说："好看，我没有见过比她更好看的女人。"

老刘撇嘴："我不信，你拿相片让我看看。"

"没有相片。"

"连相片都没有，我怎么信你？"

"随便你怎么想。"我懒得和他争论。

我说的是真话，我没有见过比梅君更好看的女人。在我心里，她是全天下最美的女人。

在老刘参谋下，我买了一件豆灰色棉衬衣。试衬衣的时候，老刘恭维我："还别说，你这张老脸挺耐看，要不是瘸了一条腿，还真吸引女人。"

"别老没正经了，让人家听了笑话。"

从商店出来，我们继续往前溜达。路边有一家理发店开着大门，门口坐着个女人热情地招呼我们。我推了一下老刘胳膊："这家没人，就去这家吧。"说着就要走进去。

老刘急追上来，低声说："你是真不懂，还是装不懂，那不是理发店。"

"明明挂着温州发廊的牌子，怎么不是理发店？"

"那是挂羊头，卖狗肉，专做男人生意的。"

男人生意？我立时明白了，迈进门口的腿像蜜蜂蜇了似的，急忙抽出来。可是晚了，老板娘一把把我拉进去了。老刘见状，只好硬着头皮跟我跨进店门。

店里的光线不够明亮，我被老板娘连拉带拽地摁在椅子上。老板娘南方口音，满头烫过的发卷，水红的薄衬衫紧巴巴裹在身上，快要憋破了似的。她低头凑到我眼前说话，一张脸红的红，白的白，黑的黑，像一盘画画用的颜料。她问："两位先生需要什么服务？"我说："我们只是进来理发的，能理就理，不能理，我们到别家去。"老刘附和我的话："对，对，能理就理，不能理，我们到别家去。"

"瞧二位老先生说的什么话，别怕，别怕，我们不是开黑店的。"她捂着嘴咯咯笑，"我们可是合法经营，税务登记证、营业执照、工商许可证，要啥有啥。"她朝里间喊了一声："梅儿，出来招呼客人。"

那个叫梅儿的姑娘慢吞吞从里间出来，她问："哪位先生要洗头？"

这是个二十几岁的姑娘，身材细瘦，头发束成一把，用一只淡黄色的发箍扎在脑后。橙黄色短上衣，紧窄的牛仔裤，脚上懒洋洋地趿拉着一双露趾凉拖，一看就不像理发师。老刘冲我摇摇头，眨眨眼，想溜之大吉。他站起身说："姑娘，我们不是洗头，是理发，我们还是到别处看看吧。"

那姑娘也不挽留，淡淡地说："由你们吧。"她从牛仔裤兜里掏出一把瓜子，坐到门口的凳子上专心嗑瓜子去了。

老刘喊我："老黄，我们走吧。"

我坐着一动不动，我的视线一直停留在这个梅儿姑娘身上。白皙的面孔，瘦削的瓜子脸，小巧的鼻子，轻薄的嘴唇，黑亮的眼睛。当然，当然也有差别，她不及梅君个头高。但是，但是，就如同一棵树上都找不出两片完全相同的叶子，何况两个不相关的人。

我呆呆地看着她，竟痴了。

老刘没有注意到我的失态，他推推我："你发什么愣，咱们快走吧。"

"你先走。"我想也不想地回答他。

"啊？你要做什么？"老刘终于发现了我的异样。

"我想再待一会儿。"

老刘这会儿看我就像看外星人似的，他结结巴巴地说："老黄，你来真的？你来真的呀？"

里间老板娘听到动静走出来，她不客气地冲老刘嚷嚷："什么真的假的，您要是不洗头，赶紧走人，甭在这儿影响我们做生意。"

老刘尴尬地站在当中，我依旧盯着门口的梅儿，目不转睛。老刘疑惑地对我说："喂，老黄，你要来真的，我就先走了，不打扰你了。"

我干脆地说："好的，你不用管我。"

老刘气咻咻地瞪了我一眼，赌气走了。

老板娘吩咐梅儿："陪这位客人进里间聊聊天，说说话。"

我听话地站起身，跟着梅儿进了里间。里面空间别有洞天，面积比外面还大，几把藤椅，一张玻璃桌，桌上放着一只茶壶。迎面墙上挂着一幅画，一个光身子的西洋少女捧着个装水的罐子。我知道这是世界名画，名叫"泉"。

梅儿坐在我对面，她问："说吧，你需要哪种服务？"

"服务？啥服务，我不懂。"

"笑话，不懂你来干啥，我可没时间免费陪你。"她说话口气硬邦邦的。

"不免费……那你收多少钱？"

"看你什么服务？"

"我只想和你说说话，说说话收多少钱？"

"五十，至多一个小时。好了，你想说什么就说吧，现在开始计时。"

我没有再说一句话，只是静静地坐着。梅儿问我，喝水吗？我点点头。她倒了一杯茶，端到我面前，然后继续嗑她的瓜子。喝完杯中的茶水，我起身告辞。走时，掏出一张百元钞票搁在桌子上，她站起来翻钱包给我找钱。我说："不必找了。"她说了声"谢谢"，就把钱收起了。

出了门，远远地，我听到老板娘问她："梅儿，瘸老头是做什么的？这么阔气。"

"不知道。"

从那以后，我隔三岔五就去"温州发廊"坐一坐。很少说话，就是单纯和梅儿坐一坐。梅儿对我的态度变了，不像初时冷淡。看到我，就客气地说："老伯来了，进来坐。"她微笑的样子，干净和气，哪里像个风尘中卖笑的女子？简直就是读书的女学生。只要老板娘不在，她就执意不收我的钱。她总是淡淡地说："算了，你又没有做什么。"

老刘急得跑到家里寻我，一进门就嚷嚷："老黄，你真能出洋相，这么大岁数了，你就不怕别人笑话你，你知道大家背后说你什么吗？"

我正喝着一杯茶，边喝茶边回话："说什么了？"

"身残志不残，人老心不老。"老刘一屁股坐到沙发上。

"哈哈，听上去像夸我嘛。"

"你还好意思笑！我今天可是偷着来你家的，我老伴坚决不让我再和你来往。老黄，你一世英明，可不要弄得晚节不保。你要真想找女人，正正经经娶一个，就上次找你闹事那个，也比发廊的女人强。你都多大岁数了，还有劲儿折腾？你让我说你什么好？你让街坊邻居们怎么看你？"

"老刘，我知道你是好意，谢谢你。"

"知道悔改了？"

"我压根就没做什么坏事，不需要悔改。我只是想帮那个姑娘，不想让她在那个地方毁了自己。"

"老天爷呀，你脑子进水了，没救了。"老刘握着拳头捶自己的腿，满脸恨铁不成钢的沮丧。

有一天，梅儿生病了，嗓子发炎，咳嗽。我去药店买了一大包药：严迪，利君沙，西瓜霜，板蓝根，川贝枇杷露。老板娘夸张地大呼小叫："喔哟，我们都能开药铺了，梅儿真是命好，碰到您这么一位有仁有义的客人。"

老板娘让我上楼，她说梅儿在楼上休息。爬上一段狭窄的楼梯，就是卧室。我还是第一次到楼上，里面放着两张床，一排简易衣柜，粉红色床单，粉红色窗帘，还有两只粉红色布艺沙发，收拾得爽爽利利。梅儿靠在床头，她大大方方地说："这也是我们接待客人的地方。"

我听了，面红耳赤，立刻觉得角角落落都生出细小的毛刺，扎得我坐卧不宁。我说："你好好休息，记得按时吃药，我先走了。"

"老伯，"梅儿喊住了我，"你为什么对我这么好？"

"你真想知道？"

"嗯。"

"其实，你长得很像我的妻子。看到你，我就想起她。"

"你妻子呢？"

"老早就去世了，她死的时候只有你这么大。"我说，"你还年轻，还有很多机会选择，不要在这种地方毁了一生。"

"嗯。"梅儿答应着，若有所思。

第二次去的时候，梅儿坐在里间的屋子里小声哭泣。老板娘说梅儿父亲又犯病了，老板娘给我讲了梅儿的故事，她说："梅儿是我表妹，上学的时候成绩特别好，本来是要读大学的，为了给父亲治病，放弃学业跟着我出来挣钱。梅儿拼命赚钱，就是想给父亲治病。梅儿经常说，只要治好父亲的病，她就安安心心找份正经工作，再也不做这行了。"

"她父亲得的什么病？"

"肝不好，医生说，只要做了肝脏移植手术，身体就能康复。"

"那需要多少钱啊？"

"做肝脏移植手术太贵了，梅儿辛辛苦苦攒够了五万，可是，就这，还差二十万呢。"

我问梅儿："你父亲的病到什么程度了？"梅儿哭着说："医生说，再不做手术就晚了。"

第二天，我就把房子卖了，卖了二十万。这套房子市场价格评估在二十五万，急于出手，价钱只好压低了。买我房子的是一对青年男女，筹备婚事。新房子太贵，买不起，退而求购二手房。买主付了房款，我就从家里搬出来，在附近租了一套民房。

不是没有犹豫过，可是，一想到那样一个身家清白的姑娘，为了治父亲的病，沦落风尘，于心不忍。况且，我这么大岁数了，还能活多久呢，指不定哪天躺倒就起不来了。与其死后，房子充公，还不如做一件令我心安的事情，反而踏实。

我把二十万现金送到发廊的时候，梅儿抓着我的手，颤抖着声音说："老伯，这辈子我欠下您了，来生，梅儿做牛做马报答你。"她边说边哭，一张脸像落了雨的树叶，湿答答的。我拍拍她的手，安慰她："治好你父亲的病，安分守己地生活，就是对我最好的报答。"

天气渐渐冷了，转眼入冬，租住的房子暖气不足，着了凉。这场病来势汹汹，一下子卧床不起，住进了医院。

老刘得知消息，拎着一袋水果去医院探望。自打我一意孤行，卖了房子，老刘再也没有理睬过我。街上，碰到老刘和老伴买菜，想与他们打招呼。老刘老伴看见我，就像看见鬼一样，菜也不买了，拉着老刘就跑。

他们躲我，就像躲瘟疫一样。

自从卖了房子，我的事情就被传得沸沸扬扬。我成了这一带的名人，不，不仅仅是这一带，还成了这座小城的名人。时常有人背后对我指指点点。

梅君，你认为我究竟错了，还是对了？那姑娘的音容笑貌，举止神态都跟你那般相似。"快看，快看，就是那个瘸子。"他们窃窃私语，津津乐道，就连医院的医生和护士都知道我的事。还有一个晚报记者想采访我，被我轰了出去。

病房里，老刘看到我病恹恹的样子，长吁短叹："你呀，你呀，让我说你什么好。被一个发廊女骗得倾家荡产，还把房子卖了。你真是聪明一世，糊涂一时啊。"

"老刘，你有空帮我打听打听，看看那个叫梅儿的姑娘有没有回来过，我想问问她父亲的病好了没有。"

"老天爷，你真是猪油蒙了心，她骗了你的钱，早就远走高飞了，怎么还会回来？老实告诉你，那家发廊早就关门了。"

"不，"我摇摇头，"她不是骗我。"

老刘剥了个香蕉，喂到我嘴里。他苦笑着说："老黄呀，认识你这么多年，你真让我刮目相看。我真不知道，你竟然是这么缺心眼的人。"

我的病情时好时坏，医生也查不出究竟，身体却一天不如一天，体内常有一种油尽灯枯的虚弱感。看来，我迈不过"七十三"这道人生的坎了。

即使她真如别人所说，是一个骗子，我也不后悔。真的，不后悔。我帮她就当是帮你，给她钱就当是给你钱，我心甘情愿。如果她拿了这笔钱能够脱胎换骨，跳出泥淖，未尝不是一件幸事。梅君，我一直听你的话，好好活着。可是，我活得太久了。这一次，我决意要寻你而去了。